# 书匠

葛亮 著

长篇

天津出版传媒集团
百花文艺出版社

图书在版编目（CIP）数据

书匠 / 葛亮著. -- 天津：百花文艺出版社，2021.9
（百花中篇小说丛书）
ISBN 978-7-5306-8109-1

Ⅰ. ①书… Ⅱ. ①葛… Ⅲ. ①中篇小说-中国-当代 Ⅳ. ①I247.5

中国版本图书馆 CIP 数据核字(2021)第 117290 号

书匠
SHUJIANG
葛亮　著

出 版 人：薛印胜　选题策划：汪惠仁
编辑统筹：徐福伟　责任编辑：齐红霞
装帧设计：任　彦　特约编辑：王亚爽
出版发行：百花文艺出版社
地址：天津市和平区西康路 35 号　邮编：300051
电话传真：+86-22-23332651（发行部）
+86-22-23332656（总编室）
+86-22-23332478（邮购部）
网址：http://www.baihuawenyi.com
印刷：山东临沂新华印刷物流集团有限责任公司
开本：700×980 毫米　1/32
字数：46 千字
印张：4. 25
版次：2021 年 9 月第 1 版
印次：2021 年 9 月第 1 次印刷
定价：30.00元

如有印装质量问题，请与山东临沂新华印刷物流集团有限责任公司联系调换
地址：山东省临沂市高新技术产业开发区新华路 1 号
电话：(0539)2925659　邮编：276017

**葛亮** / 作者

原籍南京，现居香港。著有长篇小说《北鸢》《朱雀》，小说集《七声》《谜鸦》《浣熊》《戏年》等。部分作品被译为英、法、俄、日、韩等国文字。曾获首届香港书奖、香港艺术发展奖、台湾联合文学小说奖首奖、台湾梁实秋文学奖、百花文学奖等奖项。长篇小说《朱雀》获选“亚洲周刊全球华文十大小说”。2016 年以新作《北鸢》再获此荣誉。

不遇良工，宁存故物。

——明　周嘉胄《装潢志》

# 一　简

借人典籍，皆须爱护。

先有缺坏，就为补治，此亦士大夫百行之一也。

——北齐　《颜氏家训·治家》

我遇到简，十分偶然，是因为我的朋友欧阳教授。

欧阳教授是个很有趣的人。这有趣在于，他经常兴之所至，做出突如其来的举动。作为一个七十多岁的人，他经常会自嘲说，这就是“老夫聊发少年狂”。

这一年大年初三，我照例去他家给他拜年。欧阳教授其实是我祖父的学生，在中央大学学艺术史，后来又在祖父的母校杭州国立艺术院执教。祖父早逝，他作为门下得力的弟子，对我的父亲尽过兄长之责。我父亲对他便格外尊敬。后来他移居香港，而我成人后又赴港读书。每到年节，我父亲便嘱咐我去看望他。

欧阳太太是绍兴人，到了香港三十多年，早就烹得一手好粤菜。家宴中，仍然拿出加饭酒，温上。欧阳教授便与我对饮。我不是个好酒的人，但欧阳教授喝起酒来，有太白之风。刚刚微醺，行止已有些豪放，忽然站起身来，引吭高歌。自然还是他的招牌曲目——《费加罗的婚礼》中的咏叹调“再不要去做情郎”。欧阳太太放下筷子，和我对视了一下，摇摇头。目光中带着纵容和无奈。欧阳教授却俯下身，将一块椒盐石斑夹起来，放到我的盘子里。同时并没有停下喉间震颤的小舌音。我自然没有吃那块鱼，因为照例很快到了高潮，是需要鼓掌的。

然而，这酒劲来得快，去得也快。到了家宴的尾声，我们都知道，余兴节目是展示欧阳教授近来的收藏。教授很谦虚地说，毛毛，我这一年来的成果很一般。市面上今不如昔，能见到的不是新，就是假。

说罢，便在太太的搀扶下，摇摇晃晃地引我去他的书房。

欧阳教授有一个很令人羡慕的书房。尤其在香港这样寸土寸金的城市，居然有三面靠墙的通天大书架。书桌则对着落地玻璃窗，可观得远山点翠。欧阳教授常为此顾盼自雄，称自己有远见，早早搬离了中心区，在新界置业，才不用受逼仄之苦。他的藏书虽不至汗牛充栋，但在我一个青年人看来，确有洋洋大观之象。据说这只是数分之一，有些善本书，因为要防潮湿和久存的书蠹，送去了专业的仓储。

我抬头看见，欧阳教授亲书的大篆“枣庄”二字，悬在书桌上方。这是教授书房的名字，也是他的得意之作。教授是山东人，枣庄确是他的故里。然而还有一层深意，却是凡俗学浅之人未必能领会的。旧时刻书多用梨树与枣树，作为书版，取其致密坚固。刊印书籍也称“付之梨枣”。教授将其书房命名为“枣庄”，便有以一室纳万卷之意，可见过人气象。

欧阳教授拿出一只匣子，打开来，扑鼻的尘味。他说，去年七月在东京开研讨会，结束了就去镰仓逛了一遭。在临街瓷器店里，看到有人寄售这套《水经注图》，全八册，可惜少了第三册。不过打开来，有杨守敬的批注，算是捡了个漏。

我讨喜道，老辈儿人都说呢，收藏这事像盲婚盲嫁，大半靠运气。

教授说，可不！有心栽花花不开。春天的时候，西泠放出一箱璧园会社石印《吴友如画宝》，我可上了心，竟然没有拍到。

还有这个，也是造化。在上环饮茶，说是一个老伙计要移民，把家里的东西尽数出让。我是赶了个大晚集，但这个收获，算是藏家小品，却很有意思。我看到他拿出一些残旧的纸页，打开来，是竖版印刷。教授说,这是二十世纪六十年代香港“友联”出版的“古文活页”。

我问,友联,是出过张爱玲的书吗?

他说,正是。这个活页是仿照欧洲传统出版方式推出的,当时在中国香港很风行,特别在年轻学生里。数十页成章为一份,读者逐份购入,辑录成册,再自己找订书公司订装。欧洲出版社,经常只印不订,叫 Temporary Cover。老时候的中国香港也有。你瞧这个,订书公司潦草得很,完全是西洋的订法。外头是假书布,里头这个还是以往线装书的版式。我打算重新整一下。

对了,毛毛。上次听你母亲说,找到老师的手稿,可带来香港了?

我说,是。包裹在一大袋子生宣里。杭州那边的档案室要清理,这才发现。

欧阳教授说,谢天谢地。当年从江津寄过来时,还是我接收的。做夹板,先师《据几曾看》的书名,也是我拓的。后来竟然遗失了。保存得可还好？

我说，那些宣纸都发了霉，书稿也受了潮气，还好外面有一层油纸，又用木夹板包着。只是书页有些粘连起来。

我打开手机，给他看书稿的图片，说，一个台湾的出版人朋友，想拿去扫描。但又怕毁了书。

欧阳教授看一看，先皱起眉头，但很快又舒展开，笑道，不打紧，这才是睡觉有人递枕头。我带你去见一个人。

说完，他收拾起那些活页，又在书架上上下下地找，找出一本书，一起小心翼翼地放进背包里去。

然后对太太说，晚饭不吃了，我带毛毛去一趟上环。

欧阳太太正端了一钵杨枝甘露，叹口气说，你呀你，说风就是雨，可有半点长辈的样子。今天可是大年初三，你也不问问人家在不在。

教授说,怎么问?她手机都不用,电话不爱听。现在发电邮恐怕也来不及。

欧阳太太追上一句,好歹我辛苦做的甜品,吃了再去。

教授拉着我,头也不回地往外走。

欧阳教授喝了酒,不能开车。到了楼下,风有些凛冽,酒已经醒了一大半。等了许久,也没有一辆出租车。我们只好走到更远的地方,去坐小巴。

大年初三,车上并没有什么人,倒好像我们包了一辆车。

教授依然很健谈,说起以前在中央大学的往事。说我祖父的不苟言笑,令人生畏。祖父开的"宋元艺术史",最初报名的有二十多个学生,因为他太严苛,到学期末,只剩下了七个。"不过,我大概学到最多东西的,还是你爷爷的课程。用现在的话来说,一点都没有放过水。笔记简直可以直接出版。但时下，恐怕这样上课是吃不开了。如今上课得像说书，不讲点八卦，哪里会有学生来听。”

欧阳教授忽然定定地看我，几乎让我不自在起来。他说，毛毛，你长得可真像你爷爷。不过看上去可随和多了。对了，你听说过他老人家年轻时的罗曼史吗？哈哈，想起来了，你知道的，在你的小说里看到过。

他促狭地眨了眨眼睛。

我这才问，我们要去见什么人？

教授想了想，说，书匠。

我有些不得要领，重复说，书匠？

嗯，经她手，让你的书焕然一新。不，焕然一旧。教授笑着说。

小巴车在半山停下，不远处是烟火缭绕的天后庙。还在年里，自然是香火鼎盛。我们沿着扶手电梯，穿过整个 Soho 区，又爬上好一段阶梯。景物渐渐变得有些冷寂，不复过年时候应有的热闹。我博士是在香港大学念的，对这一带算是熟悉，但居然四望也有些茫然。欧阳教授毕竟年纪大了，有些气喘。我替他背了包，一边搀扶着他。教授这时候有些服老，说，这路走的，像是去西藏朝圣。自己开车停在罗便臣道，下来倒方便些。

我们两个都没了说笑的兴致。人是越来越少，两侧的房屋依山路而建，尚算整饬，也很干净。但红砖灰砖，都看得出凋落。毕竟是在山上，看得见经年湿霉和苔藓灰黄干枯的痕迹。教授终于说，哎呀，歇一下。

我们便在台阶上坐着，回望山下。竟可以看见中环的景貌。中银和IFC（国际金融中心）都似乐高玩具一样的大小。阳光也浅了，这些建筑间，便见缭绕的游云。教授笑道，“只在此山中，云深不知处”啊。

我一听，心倏然一凉，趁不上教授的浪漫。此情此景吟贾岛，想起上两句，实有些不祥。

再接再厉，我们终于走到了一幢小楼前。这楼比较邻居的，模样有些奇怪，显得狭长。有个很小的阳台，几乎只能称之为骑楼。镶着巴洛克式样的铁艺栏杆。上面有一丛火红的簕杜鹃，倒开得十分茂盛，垂挂下来，将阳台遮住了一大半。

教授按一按底下的门铃。我看到门铃旁边的邮箱上，镌着黄铜的 JL 的字样。应该是主人名字的缩写。

门开了，是个矮胖的南亚姑娘。看见教授，眼睛一亮，开始用欢快的声音向他打招呼，并且拥抱。教授居然也热烈地响应。两个人用我不懂的语言交谈，是那种高频率的铿锵的音节。姑娘引我们进去。教授轻声对我说，这是他们家印佣吉吉。吉吉听到自己的名字，娇俏地向我眨一眨眼睛。我说，教授，我不知道你还会印尼语。教授略得意地说，两年前学的，所谓艺多不压身。

我们顺着狭窄的楼梯走上去，脚下是吱呀的声响。仿佛往上走一级，光线就暗淡了一点。

走到二楼，吉吉敲了敲门，用英文说，欧阳教授到访。

里面也用英文说，请进。

房间里，很暗。四围的窗帘都拉着，只开了昏黄的一盏顶灯。有浓重的经年的纸张与油墨的味道。这味道我不陌生，每次打开箱子，检点爷爷的遗物，都是这种味道。但在这主调之外，还有一些淡淡的樟脑与腐败植物的气息。

我的眼睛适应了光线，看见房间里硕大的写字台后，坐着一个女人。

Surprise！哈哈，我就知道你在。教授的情绪延续了在楼下时的热烈：看我还记挂着，给你带了朗姆酒和年糕。等会儿让吉吉煎了吃。过年嘛，年糕就酒，越喝越有。

不知为什么，我有一些尴尬。并不在于教授即兴地修改了中国的民谚。而是他这番长篇大论,好像是在对着空气说。对方始终静默着。

恭喜发财。终于,我们听到了一句广东话的祝福。声音冰冷而干涩,听来是有多么的言不由衷。

我这才看见,这女人的面容已经苍老了。干瘦,有很深的法令纹。这样的面相,往往显得严厉,但她的眼睛很大,而且目光倦怠,因此柔和了一些。她穿着有些发旧的蓝花棉袍,披着厚披肩,是深冬的打扮。但这里毕竟是香港,虽说是过年,气温其实很高。她手里执着一柄刀,正在裁切一些发黄的纸。她将那些纸静静地收下去了。

桌子上有一些我没有见过的器具。有一台像个迷你的缝纫机;另一个似乎是那种切割轴承的机床。还有一个像是小型的绞架,上面还坠着绳索。

简,我给你带来了一个年轻的朋友,毛博士。

我的目光正在那些机器上盘桓,一愣神,听见教授提到我,这才有些仓促地一低头,说,您好。

这个叫简的女人抬起脸看我一眼，没有说话，只是点点头。

这时候，吉吉推门，端着茶盘进来。女人扬手，请我们在沙发上坐下。

我坐下来，端起茶。茶具是欧洲的珐琅瓷，描着金。有些鸢尾花枝叶漫溢到了茶杯口。

但是沙发有些不舒服，我隐隐觉得里面的弹簧在硌着我的屁股。沙发想必用了很多年了。

教授婉拒了吉吉让他加块糖的好意，说“毕竟已经年纪大了”。

他说，简，我要好好地谢谢你。上次修复的《水经注图》，惹得很多人眼馋。特别是那个布面的函套，都以为是原装的。哈哈。

简说，第五册，有一根纸捻我忘记去掉了。

教授说，不打紧。我这次带来一些友联出的“古文活页”，你帮我看看。

简接过来，凑着灯光看看，说，里头线装，外头是西欧Temporary Cover,不伦不类。再说,不过几十年前的东西,也不值得费周章了。

教授笑笑说,算是我收藏的一个小品,取其有趣。

简点点头。

教授又说,另外呢,毛博士的祖父,是我读大学时候的老师。最近新发现了一份手稿。有些散页粘连了,也想要劳你的大驾。

简看看我,说,我不帮人补手稿。修坏了,赔不起。

教授说,这份手稿,对我们挺重要的。是我的恩师呢……

简倦怠的眼睛闪了一下,继而暗沉下去。她说,是你的恩师,不是我的。

这句话,说得很突兀、沉重,并不是举重若轻的口气。这时候,连达观随和的欧阳教授,脸上都挂不住了。

此时，不知从哪里，有一只灰色的猫，跳到了教授的身旁，蹭了蹭他的腿。是只英国短毛，它抬起眼睛，眼神十分阴郁。

教授趁势起身，对简说，天不早，那我们不打扰了。

我连忙也跟着起身，但胳膊一抬，不小心碰到了身后的书架。一册精装书掉到了地上。我急忙捡起来，将书页掸一掸，合上，嘴里说着“对不起”，又放回书架上去。

好在简并未说什么，她让吉吉送客。

吉吉将我们送到楼下。关上门之前，忽然用蹩脚的广东话跟我们说“新年快乐”。声音还是欢天喜地的。

我们沿着山道往下走，欧阳教授回过身，又看了看那幢房子，叹口气。

天色已经彻底暗下来了。万家灯火，唯独那幢房子黑黢黢的，因为拉上了厚厚的窗帘。

还在年关，半山上的许多餐厅，都没有开门。走进一家很小的寿司店。一个梳着油头、面容和善的大叔，招待了我们。

我们坐定下来。欧阳教授喝了一口茶，说，她或许是因为痛风……

我急忙说，没关系。

我知道教授是因为他的引见，有些过意不去。

教授说，不过呢，话说回来，有手艺的人，总是脾气特别些。在这一行，简有资本。她是英国书艺家协会的会员，The Society of Book Binder，中国香港唯一的一个。

我认识她很早，那时她在湾仔开了一家二手英文书店。她帮我找到过几本孤本书。后来因为不赚钱，也倒闭了。

教授接过大叔递来的味噌汤，没再说什么。

一个星期后，我接到了欧阳教授的电话。

教授说，毛毛，简让你带着老师的书稿，去她那里。

我一时没晃过神，问，让我去？

教授说，对，我也纳闷，是什么让她改变了主意。

依然是热情的吉吉引着我，走上咯吱作响的楼梯，进入昏暗的房间。

我听到了简的声音。干涩，但比上次柔和，招呼我坐下。

她站起身，走到了窗户跟前，将窗帘拉开了。光进入室内，也照到了她的脸上，她微阖了一下眼睛。我这才看清楚了简的面目。青白的脸色，是因终年不见阳光。其实她并不如我印象中苍老。光线平复了她的一部分皱纹，这其实是个清秀的人。

简转过身来，对我说，欧阳上次拿来的那套“古文活页”，我整好了。麻烦你帮忙带给他。

我接过来，看到 Temporary Cover 已经订成了传统线装，融合宋款和唐朝包背。我由衷地说，漂亮得多了。

简摇摇头，说，里头我就没办法了。内页是木质纸，纤维短，太容易氧化，脆得很。所以用了修复纸夹住，做成了三明治。这种西式蝴蝶页，开卷加上“Waste Paper”总算牢固些。说到底还是中西合璧，只比原先调了个个儿。

我将爷爷的书稿拿出来。她戴上眼镜，小心翻开来，慢慢地看了一会儿，说，书法真是好。欧阳说，令祖父是在杭州国立艺术院读书的？

我点点头。她说，我舅舅以往在西泠印社。他们可能会认识。

你放心的话，这份书稿，我先洗一下，除除酸。她说，民国的书，纸张叫人头痛，稍翻翻就脆断、发黄。你爷爷用的是竹纸，上好成色，他是个行家。

她随手将桌上一本还在修的书，翻给我看，说，纸寿千年，绢寿八百。你看，这是光绪年的书，还蛀成这样。有些宋版书用纯手工纸，品相却好很多。这就是所谓新不如旧。

我发现她的话，比预想中的多，我不知如何应对。

我说，那就拜托您了。这书稿受了潮，粘连在一起。我有个朋友还记挂着要扫描，时间可能会赶些。

她说，不妨事。一个星期来拿。

我谢谢她道，那太好了。爷爷留下的，独一份。交给您就放心了。欧阳教授也说，您到底是看重和他的交情，我是沾了光了。

简微笑，摇摇头。

她往前走了几步，从靠门边的书架抽下了一本书，对我说，还认得吗？让我回心转意的是这本书。

这是一本精装的英文书，我看一眼书名。是一本心理学的论文选集，感觉不到有什么特别之处。

她说，那天你把这本书碰掉在地上。还记得你捡起来的时候，做了什么吗？

我仍旧茫然。

简慢慢说，当时虽然仓促，但是你还是把这本书的 Dog Ear 捋捋平，才合上书。看得出是顺手，下意识的。

我这时才恍然，她说的“狗耳仔”，是指翻看书页无意折起的边角。我对那一刹那毫无印象，或许只是出于本能。

简说，我想，这是个从小就惜书的人。年轻人，你要谢谢自己。

我知道此时，自己走了神。因为简的话，让我忽然想起了一个人。

# 二　老董

叶以补织，微相入，殆无际会，自非向明举之，略不觉补。

——北魏　贾思勰《齐民要术》

我想起了一个人，在十分久远前了。

那时候，我还在南京上小学。

回头想想，那时的小学，总是有一些奇怪的要求。这些要求，会建立起一个孩子奇怪的自尊心。

在我看来，小学好像一架运转精密的机器。这架机器的内核，或者是以竞争、纪律与荣誉感作为骨架。我是那种孩子，有几分小聪明，但是天生缺乏纪律感。我后来想，很可能是来自父亲信马由缰的遗传，或者是某种天然的个人主义倾向在作怪。这是很微妙的事情。在一个集体中,我常常难以集中注意力。比如,在上课时,我会开小差。在别人朗读课文时做白日梦,诸如此类。后来,我学到了一个词,叫作“遐想”。显而易见,我在少年时期,就是很善于遐想的人。但在以纪律为先导的集体中,我并不以此为傲,甚而觉得羞愧。

所以,在新学期里,我居然获得一张“纪律标兵”的奖状。我几乎是以雀跃的步伐回家去的。然而,快到家时,同行的同学说,毛果,你的书包怎么黑掉了?

我这才发现,是上书法课的那瓶墨汁,不知为什么在书包里打翻了。

那张奖状和一本书,都被墨汁污了大半。这真是太让人沮丧了。因为这张奖状,和我来之不易的荣誉相关。

我因此闷闷不乐,在相当长的时间里。

母亲安慰说,不就是一张奖状,我儿子这么聪明，往后还多着呢。

父亲“嘿嘿”一笑说，可是关于纪律的奖状，怕是空前绝后了。

母亲瞪他一眼，说，你总是这么煞风景。

父亲说，这是粗心的代价。能不能请老师重新发一张？

我终于愤怒了，说，你们懂不懂，这叫荣誉。荣誉怎么能再做一张呢？

我的父母，似乎被一个孩子离奇的荣誉感震慑住了，久久没有声音。

忽然，父亲说，也不是没有办法。

母亲说，什么？

他说，你记不记得，西桥那边，有个老董？

母亲犹豫了一下，很久后，说，想起来了，你是说那个修鞋师傅吗？

父亲说，正是。

母亲说，他修鞋的技术是不错。上次你给我在上海买的那双皮鞋，他给换了个跟儿，居然一点都看不出。可这跟他有啥关系？

我也想起来了。我们搬家前，在那一带住过。在我放学路上，有个修鞋摊子。总是有个佝偻的老人，风雨无阻地坐在那儿。除了修鞋的动作，不见他有其他多余的表情，像是一尊塑像，也不和人打招呼。

父亲说，老董有办法。

母亲叹口气说，你就故弄玄虚吧。这孩子可不好搞，弄不好又是一通闹。

父亲说，毛毛，咱们走一趟。

我们来到西桥，看到了那个叫老董的师傅。

以前，我从未这样认真地看过他。他埋着头，正在给一只鞋打掌。旁边是个肥胖的中年女人，坐在近旁的小竹凳子上，嗑着瓜子。嗑一下，就把瓜子皮“噗”地吐出去，一边说，师傅，给我打牢靠点。

老董把头埋得很低，正全神贯注地用一个小锤子敲鞋掌，一点点地，功夫极其细致。可能是因为视力不好，他戴着厚底的眼镜，眼镜腿用白色的胶布缠起来。胶布有些脏污了，但你又会觉得，他是个极爱洁净的人。他穿着中山装式样的外套，旧得发白，是勤洗的痕迹。围裙上除了作业沾上的鞋油，并没有别的脏污，套袖也干干净净的。

我们在旁边站着，等那女人修完了鞋，试了试走了。女人离开前，对我们一竖大拇指，说，董师傅的手艺，来斯(南京话，形容人有本领)。

老董没有抬头，口中说，补鞋一元，打掌三角。

声音机械而麻木。

父亲稍弯下腰，说，董哥，我是毛羽。

老董慢慢抬起头，我见他眼睛眯着，看一看。额上很深的皱纹，跳动了一下。他说，哦，毛羽。

爸把我拉过来，说，这是我儿子，还记得吗，毛果。

老董看看我，说，哦，长这么大了。

这时我才意识到，父亲和老董，是认识的。而且，应该是很久前就认识。

父亲捧出那张奖状，对他说明了来意。

老董站起身来，把手在围裙上擦一擦，接过来，说，奖状，好。

他又坐下来。认真地看，沉吟了一下，对父亲说，毛羽，给我买个西瓜来。

父亲说，什么？

老董说，半熟半生的西瓜，不要大，三斤上下。

我听着，觉得很蹊跷。半熟的瓜，谁会好这一口呢。

父亲倒很干脆地回答，好！

这时候早过了立秋了。南京人好“啃秋”。这也是市面上，西瓜最后一波的销售大潮。此后，路边到处都是的卖瓜人就陆陆续续回乡下老家去了。

我和父亲，在西桥附近的菜市场兜兜转转，好不容易才找到一个卖瓜的。

是个小伙子。他说,师傅,哈密一号,包甜。

他竟然徒手把一个大瓜给掰开了，鲜红的瓤儿。他看一眼我说,尝尝甜不甜,不甜不要钱。

父亲问,有生的没有?

小伙子一拍胸脯说,我这哪有生的?个个包甜。你要给你便宜点。卖完这一拨,我就回老家去了。

父亲说,就是要半生的,三斤上下。

小伙子愣一愣,一刀狠狠劈在一个瓜上,说,师傅,干哪行也不容易,可不兴这么消遣人的。

父亲看他厉言厉色,知道他是误会了,说,不开玩笑,我真是要个生瓜。你给找找,价钱好说。

小伙子见父亲是认真的模样,也平静下来,说,看你是当真派用场的,我给你找找。

小伙子就在瓜堆里,左翻翻,右敲敲。许久,才翻出一个。不放心,又在耳朵边上屈着中指,敲一敲,听听,这才说,师傅,这个瓜生,将将好。

父亲让我把瓜捧好了,掏出钱来。

小伙子一顿推辞，师傅，你可别骂我了。一个生瓜蛋子，收你钱。旁人知道不是说我黑心肠，就要笑你二五郎当。这瓜送你了。

父亲坚决留了钱给他，说，小伙子，你是帮了个大忙给我呢。

我们把瓜留在老董的摊子上。

老董问，生的？

父亲点点头。老董将瓜捧起来，放在耳边敲敲，眯起眼睛笑了，说，下礼拜五下午，来找我。

父亲说，毛毛，谢谢董老伯。

我对老董鞠了一躬。

回到家，我和母亲说了。母亲对父亲说，你还真认识这个董师傅？

父亲笑笑，老相识啰。

就回书房看书去了。

可我只想着，这么大个的生瓜可怎么吃，得拌多少白糖进去啊。

一个星期后，傍晚，父亲对我说，毛毛，走，瞧瞧你董老伯去。

我一听，就弹了起来。我记挂着奖状的事。

我们爷儿俩往西桥那边走，走着走着，下起了雨。

莫名地，雨越下越大。父亲把外套脱下来，蒙到我头上，找了个近旁的小卖部避雨。

外头的雨像帘幕一样，街上的人和景，都看不清楚了。

我说，爸，董老伯收摊儿回家了吧？

父亲摇摇头，说，不会。

待雨小些了，我们才又走出去。远远地就看见，老董站在路沿儿上，仍旧佝偻着，看见他花白的头发，湿漉漉地耷在前额上。身上的中山装都湿了。他修鞋的家当，用塑料布盖着，严严实实的。他摆摊儿的地方，是天文所后院的围墙，也没有遮挡的屋檐儿。他刚才，就一直站在雨里头。

看见我们，他这才从那塑料布底下，摸了又摸，掏出一个塑料袋。交到爸爸手上，说，怕你们来了找不见我，拿好。

说完，他便从地上拎起小马扎，摆到修鞋的小车上。慢慢地推着走了。

父亲一下把住了车头，说，董哥，我送你回去。

老董一愣，使了些力气，拨开父亲的手，说，不体面，不体面。

他摆摆手，说，回吧。别让孩子冻着了。

我们回到家。母亲火烧火燎，说，你们这爷儿俩，都不让我省心。今天天气预报有雨，就不知出去带把伞。

母亲一边给我擦头、换衣服，一边埋怨，说，非要今天去。这么大的雨，谁还杵在那里，等你们不成。

父亲从怀里掏出那个塑料袋，用毛巾擦了擦上面的水珠。他解开封口的葱皮绳，一圈圈地拆了。里面是一个卷好的油纸筒。打开一层，里面还有一层。

父亲喃喃道，真讲究，都和以往一样。

最后铺开的，是我的奖状。

奖状干干净净的，那块巴掌大的墨迹，奇迹般地消失了。

母亲也惊奇极了。她拿起那张奖状，迎着灯光，看了又看，说，怎么搞的这是，魔术一样。

桌上放着母亲为父子俩熬的姜汤。父亲说，桢儿，找个保温桶，把姜汤给我打一桶。

母亲张了张口。这时候是饭点，但她并没有说什么，利索地把姜汤打好了。又将在街口卤味店刚斩的半只盐水鸭，也用保鲜盒装上，一并给爸爸放在马甲袋里。

我知道爸爸要去找老董,便又要跟着去。母亲说,你安生一点。出去再感冒了,明天就不用上学了。

父亲摸摸我的头,说,让他去吧。哈哈,董老伯为他挽回了荣誉啊。人要知恩,得当面谢谢。

原来老董住的地方,和他摆摊的地点,并不近。

父亲带我从金陵大学的后门进去,穿过了整个校园,才看到在西门的角落里,坐落着两排平房。辅路建起了几座新楼,靠着马路,很排场,将校园都遮挡住了。从外面可是看不见这些平房的。看得出,都是老房子了。房顶上盖着防漏的石棉瓦。瓦楞上生着不知过了多少季枯荣的杂草。南京城里,这样的平房越来越少了。以往,我的同学程洪才家住过。他们全家从六合来南京接他舅爷爷工厂里的班,后来也都搬到楼房去了。

一只巨大的黑狗，带着几只狗崽，正欢快地在雨后积聚的水洼中踩水嬉戏。看见我们，一阵狂吠。一个胖胖的大婶，喝止住了它，对我们说，别见怪，我们这里偏僻，就指望它看家了。

我看到大婶，将一块内脏一样的赤红的肉，用草绳拴在水龙头上，很仔细地冲刷。空气里弥漫着很清冽的土腥气。我很好奇地问她是什么？

大婶说，这是猪肺。以形补形呢，对肺好，治咳嗽。可是里头脏东西多，要好好洗一洗。嗯，你们是要找谁？

父亲说，董师傅。

大婶说，哦，紧里头那一间。

门开着，里面闪着昏黄的光。走进去，看一个小女孩正靠在一张桌上，手里握着毛笔。这桌子很大，雕着花，又很高。女孩是跪在一把椅子上。椅子很气派，我在电视上看过，叫太师椅。可是一侧的把手已经坏了，用一个布带子裹了好几圈。

爸爸问，是董师傅家吗？

小女孩从椅子上爬下来说，是，我爸出去了。请等一等。

她从靠门的长凳上，小心地捧下两摞叠好的衣服，请我们坐。然后将衣服抱着，拉开一个布帘，放到里屋去了。

我们坐下来，觉得已经将这个屋子占满了。这屋子小，并没有什么东西。一张床、一个立柜，还有这张大桌子。人已经没有什么可以腾挪的地方。有一个煤气炉，上面炖着一个砂锅，咕嘟咕嘟地响。

父亲终于站起来，看那个女孩子写字，忽然惊叹说，哎呀，写得真好啊。

我也凑过去看，也觉得写得很好。说不出哪里好，但比我们书法老师写得还顺眼。

父亲说，毛毛你看看，小姐姐临的是《玄秘塔碑》呢。

看我茫然的样子，父亲有些失望，但他显然对面前的神童更感兴趣。他问,你还临什么?

小女孩说,还临《李晟碑》。有时也临欧阳询。

父亲说,这个“归”字写得好。

女孩说,我爸说不够好。他让我要多临柳公权,说还差几分“骨气”。

我对这个梳着童花头、满口大人话的小姑娘,也有些好奇了。

这时候,看着老董进来了,手里拎着一只菜篮子。他的中山装换下来了,穿了一件纺绸的夹克衫,那时是中年男人的标配。可他这件过于大了,整个人显得更瘦小。见到我们,他好像有一些吃惊。

父亲沉浸在刚才的兴奋里,说,董哥,你这闺女写得很好啊。

老董愣一愣,淡淡地说,小孩子,瞎写罢了。

父亲将马甲袋里的保温桶拿出来,说,刚才你淋了雨,不放心。家里熬的姜汤。我爱人给你带了一盒鸭子。

老董点点头道，费心了。

老董从菜篮里拿出一捆青菜，说，元子，把菜择了，蒜蓉清炒。

小姑娘应了一声，从椅子上下来，从桌子底下拿出一只米箩，出去了。

老董将那桌上的笔墨纸砚，收拾了，铺上了一张塑料布。又打开碗橱，拿出一瓶洋河大曲，搁在了桌上。

父亲站起来说，我们不打扰，回去了。

老董说，吃了再走。饭点留人，规矩。

父亲说，真不客气。家里那口子等着吃饭，改日我再来看你。

老董闭了一下眼睛，说，毛羽，咱们上次同桌吃饭，毛教授还在吧。

爸爸听到这里，犹豫了一下，看看我，说，好，董哥，我们坐下喝两盅。

外头"吱啦"一声，我望出去，原来那叫元子的小姑娘，正将拾掇好的青菜下了锅。那个煤油炉子，不声不响地，被她端到外面去了。她的动作利落得很，一招一式，像是做惯了饭的人。这时迎着光，我才打量清她。样子很清秀，但是脸上并没有很多孩童的神气和活泛，平和沉静。

父亲感叹，闺女这么小，真能干啊。

老董也望向外头，说，能干不能干，也长这么大了。

这时候，看见有人走进来，是刚才的那个大婶，手里端了个钵，说，董师傅，家里来客了吧，我肚肺汤做多了，给你端了一钵来。

老董谢过了她。大婶说，留客吃饭，好事，缺什么跟我说。临走又转过头来，说，你胃不好，少喝点酒啊。

看她走远了，父亲说，这里的邻居不错，像一家子人。

老董说,风里雨里,也都几十年了。

元子将菜汤都盛出来，砂锅里的饭也端上了桌。老董自己又开了火,炸了一碟子花生米,下酒。加上那一大盘盐水鸭,倒也挺丰盛。元子将碗筷用开水烫了,给我们一一搁好,开口说,爸,叔叔,你们好好吃,我做功课去了。

老董点点头。她这才给自己盛了一小碗饭菜,回里屋了。

父亲说,这是什么规矩,让孩子一起吃。

老董说,小门小户,认生啊。由她自在去吧。

老董给父亲倒上酒。

董哥,我敬你一杯。父亲说完,一饮而尽。这些年,都还好吧?

老董也喝了,说,好不好,都那样吧。

他又给父亲满上,说,这酒一般,将就着喝。我记得毛教授爱喝花雕。爱请学生喝,也请过我。

父亲说,是啊,喝了就爱吟诗作词。家里如今还有两首他作的《满江红》。难得喝醉,写得也狂放。一直留着。

老董看看我,搛了块鸭肉放到我碗里,问,叫毛毛?

父亲应道,大名毛果。

老董感叹道,眼眉真像他爷爷啊。教授要是看到这小小子长得这么好,不知该多欢喜。

父亲道,有时也厌得很,主要是没有定力。要像你们家元子,我也不操心了。我也想教他书法,一点都坐不住。得一张纪律的奖状,自然宝贝得要死。哈哈。

老董说,要不,让他和元子搭伴儿学吧。两个孩子,也好教些。我来教。

父亲说,那怎么好,各人都要忙一摊子事。

老董袖了手,说,我这手柳体,当年也是教授指点的，如今传给他后人，也是应当。这欠你家的，还多呢。

父亲愣一愣，说，董哥，过去的事，就过去吧。

他们两个，沉默了一会儿，然后说了许多我不懂的事情。我能听出来的，是关于爷爷当年教书的事。

我东张西望。

一只猫不知是什么时候，从桌子底下钻了出来。橘色的皮毛，很瘦。它将身体张成了弓形，伸了个懒腰，然后蹭一蹭我的腿。我把盘子里的鸭脖子夹过来，喂它。但是它似乎没什么兴趣，摇摇头，“噌”地一下跳到了窗台上。

我这才看到，窗台上悬着一个西瓜，已经干瘪了。瓜上还有一层白毛，是长霉了吧。我心想，怎么还不扔掉。

老董问，毛毛，还认得这个瓜吗？

我想一想，恍然大悟。

老董说，来，老伯给你表演个戏法。

他把桌子收拾了。然后铺开一张纸，将毛笔蘸饱了墨，递给我，说，写个字，越大越浓越好。

我攥起笔，一笔一画，使劲写下我的名字。

又粗又黑，我自己得意得很。

爸爸看了，哈哈大笑，有些嫌弃地说，这毛笔字写的，真是张飞拿起了绣花针啊。

老董也笑，大度地说，骨架是有的，这孩子内里有把力气。

老董将那个干瘪的西瓜抱过来。我才看清楚，西瓜皮上并不是长霉了，而是铺了一层霜。老董拿出一把鸡毛掸子，摘下一根鸡毛。从中间折断，独留下近根儿细绒一般的羽翎子。他用翎子，轻轻地在瓜皮上扫，一边用只小汤勺接着。那霜慢慢落满了半汤勺。

老董便将这白霜，一点点地均匀地倒在纸上，我的字迹被盖住了。

我看见他的手在瓜上晃了晃,竟捉住瓜蒂提起了一个小盖。一边嘴里说,硼砂三钱砒三钱,硇砂四钱贵金线。

我目不转睛地看着他的手。父亲笑说,好个障眼法。

老董也笑了,笑得很松弛,额头上紧巴巴的皱纹也舒展开了。他对着手上的翎毛吹一下,然后轻轻地在纸上扫。我的眼睛渐渐地睁大了。

纸上的那又黑又大的“毛果”两个字,竟然消失了。

我赶忙举起那张纸,雪白的一张。对着灯光仔细地看了又看,真的,什么也没有。

父亲和老董相视而笑,说,这孩子,可给戏法唬住了。

我用很崇拜的眼神看老董,学着电视里《射雕英雄传》中郭靖对洪七公的手势,说,大侠,请受我一拜。

父亲说，得得，就这么会儿，师父就拜上了。

回到家里，已经是十点多了。我找出那张奖状，自然知道是施过同样的咒语。我不顾母亲虎着脸，将刚才的情形，添油加醋地说了一番。

母亲冷冷地说，叫爷儿俩疯的，都不回来吃饭。这修鞋的老董好本事。

父亲"嘻嘻"一笑，收获不小。我儿子还拜上了个师父。

母亲更不解了，说，跟他学什么？学补鞋打掌？

父亲说，他可不只会补鞋。

母亲似乎气不打一处来，抢白说，你一身的酒气，别故弄玄虚了。就这张奖状，说到底，也就是一瓶"消字灵"的本事。大半夜地去拜师父？这也是我的儿子，交给个陌生人，你也不问我放不放心？我倒要听听他的底细。

父亲这才沉默了。许久后，他说，你记不记得毛毛外公，上次拿来的那本《康熙字典》？是他修好的。

母亲也沉默了一下，眼里有惊奇的神色，说，就是那本给虫子蛀得稀烂的字典？

父亲说，嗯。

这事我知道。这本《康熙字典》，是外婆的陪嫁。据说是她爸爸的爸爸的爸爸传下来的。压在箱子底，到有一天找见了，才发现给虫啃得散了架，成了一堆破烂儿。外婆舍不得扔掉，她和太外祖的感情很好，睹物思人，心里头那叫一个伤感。竟然经常流眼泪，好像自己辜负了先祖。叫外公想办法，外公能有什么办法，还不是找母亲这个长女出主意。结果父亲拍了胸脯，一来二去，居然找人给修得看不出痕迹来。外婆大为罕异，说，若见了这高人，她得要好好地谢一谢。

妈妈说，老董就是那个高人？

爸爸点点头。

妈妈眼睛一失神，又有些惭愧地说，真是，人不可貌相。

父亲的酒也醒了，正色道，得亏毛毛外婆的这本宝贝字典，十多年来，我才和老董说上话。你既想知道他的底细，那我就说说吧。

说实在的，那次父亲跟母亲说老董的事情，我因为小，并没有听懂。但看母亲听着听着，眼神黯然，后来竟然有些唏嘘。到我长大了后，有次提起了老董，父亲才又讲给了我听。我才明白，老董的确是个有本事的人。

老董什么时候开始修鞋，好像没什么人记得了。他以前不是做这个的，他年轻时，在肄雅堂做学徒。肄雅堂在哪儿，在北京琉璃厂的沙土园啊。毛毛，还记得你小时候，每到礼拜天，你大伯领着你去逛旧书店。以前琉璃厂的书店，数肄雅堂装裱功夫一流，修书也最有名气。据说几个当家的老师傅曾为清宫修过“四库”。后来一九五六年公私合营，给并到中国书店了，书肆的修书师傅也一起来到店里工作。你爷爷那时在艺术系，还兼了金陵大学图书馆的馆长。那次到北京出差，逛琉璃厂，正看见老董埋头修一本嘉靖年间的《初学记》。你爷爷说，那本书的书口，已经磨损得不成样子。边角的地方一碰就掉渣。他就看那年轻人，小心翼翼地用裱纸将边角环衬起来，行话叫“溜书口”。每片纸渣都安放得恰到好处。他修了一个多小时，你爷爷就看了一个多小时。你爷爷看上了他，要把他带回南京。那时金陵大学的古藏部刚刚成立，接了好多老中央大学留下的古籍。天灾加上人祸，许多善本珍本书，都毁得不成样子。好的修书师傅，多数去了台湾。留下有经验的，大多又老了，要带个徒弟又谈何容易。这行孤清，可也要靠祖师爷赏饭。人得灵，还得有恒心和耐心。那时候调动个人，已没这么容易。即使老董是孤儿，上下无牵挂，人也已经满师，也还是费了许多的周折。你爷爷对他说，我让古藏部的主任亲自带你。

这年轻人看着善本室里一箱箱旧书，眼睛一亮。你爷爷就放心了。

老董人好学、聪明，没一个月已经把善本室的古籍熟悉了。他灵在过目不忘，举一反三。那时候修复古书，可没现在这么好的条件，有什么扫描、电脑归档之类。老董就靠自己一个记性，修过的书，哪一朝什么类、哪个作者、几卷几章，甚至哪一页有缺损，都能记得个大概。他还自己做了一套卡片检索系统。主任也说："这个年轻人，有股子钻劲，好用。"老董呢，也是真爱书。除了修书，就是看书，没别的爱好。有次你爷爷去馆里，大中午的，人都吃饭去了。就剩了他一个，埋头看一本书。问他看什么，他回说，《病榻梦痕录》。你爷爷说，嗯，师爷写的书，说了不少乾隆年的腐败事。老董合上书，说，知世道污浊，才有个出淤泥而不染。你爷爷接过来，问，你修的？老董点点头。你爷爷打开细细看了，又问，修了多久？老董答，一个月，二修了。原来用了“死衬”，可惜了书。我拆开了重新修了。你爷爷说，一个月算快了，补得不错。这书糟朽了，“肉”缺了不少。老董说，以往在琉璃厂，老师傅们都能补字。我字写得不好，唯有先空着。你爷爷就说，不妨事，我教你写。

以后，老董在修书看书外，多了一个事，练习书法。你爷爷教他的法子，是临帖。颜柳欧赵，二王二严。与常人习字不同，你爷爷要他琢磨的，是字的间架与笔画。再补他人的字，便都有迹可循。

再后几年，老董渐渐在馆里有了声名，任了二修组的组长。一次，他拿着两本《杜诗镜铨》，找到古藏部的夏主任，说，好好的书，怎么就做成了“金镶玉”？主任说，跟我打过报告的。脆化得厉害，除了酸，还是救不过来。老董沉吟了一下，慢慢地说，这是毁书。

哦，你问这“金镶玉”啊？顾名思义，是在古书页下衬入一张手工纸，用糨糊粘好，让衬纸长度宽于书页，三面加宽古籍的天头、地脚和书脑，好像加了一道玉白边。你可记得家里头，有本你太舅爷留下的《如意函》，就是这么修的。老董对主任说，我们这一行老祖宗立下的规矩，是“整旧如旧”。这书破损得是厉害，可纸张还不算失去机械强度。不到不得已，是断不用“金镶玉”的法子。在我们那儿，这可叫“绝户活”。

主任愣一愣，脸色沉下来，不好看了。他说，这馆里的古籍这么多，怎么才叫个好法子？这在你们北方叫“金镶玉”，在我们这儿可叫“惜古衬”。

老董站起来，说，我去重修。

因为这件事，但凡外头的人提起老董，夏主任就说，业务是好的，可是为人太傲慢，还不是有馆长撑着腰。

又过了几年，家里的事你都知道了。你爷爷被人写了黑材料，交给了革委会。爷爷自然被撤了馆长的职。这他倒无所谓，都是身外物，只要还能教书。后来的苦头，大概又是咱们全家都想不到的了。还波及了你北京的大伯伯。但你爷爷的冷清性子，抄几回家，铺天盖地的大字报，竟也都扛下来了。再后来，渐渐都传出来，这些检举材料，里头有夏主任的，居然也有老董的。老董是被人踩着手，写下那封信的。信里说，毛教授的私藏里，有多少封建遗毒，他清清楚楚。革委会的人说，那你就编个目，这不是你最在行的吗？不老实，就踩断你的手，让你下半辈子再修不了书。

你爷爷，这才落下了病，从此再没好过。谈起老董这名字，是家里的忌讳。再后来，善本室被封了，改成了革委会的档案室。老董被赶出了图书馆。事没做绝，他检举有功，金陵大学的宿舍还是给他留下了。

老董是什么时候修上鞋的，谁也不记得了。我只记得你爷爷出殡那天，下着小雨。不知怎么，我们三兄弟，都哭不出来，也不敢哭。回家的时候，远远地，我看见一个人，佝偻着身体，袖着手，朝这边张望。好像已经跟了我们很久。是老董。他发现我看他，这才回转身，急急忙忙地走了。我眼底一麻，这才哭了出来，哭得越来越大声。你大伯慌了，说，老三，你哭什么？我没有答他，只是不管不顾地哭下去。

好多年后，我被调回了南京。家里也落实了政策。路过了西桥，老董还在那里修鞋。有一次彼此都望见了。他张张嘴，说不出话。我也说不出。

直到那一回，你妈妈带来了外婆的《康熙字典》，唉声叹气的，要我想办法。我心一横，去鞋摊找到了老董。我问他，手艺都还在吧？他说，嗯。

父亲的讲述，在这里停住。此时的他，也是一个老人了。对于老董这个人，除了为我唤起记忆，似乎再没有余力去做任何的评价。但是，我清晰地记得，在他带我去见老董的那个夜晚，回来后，他对母亲讲了一个漫长的故事。而后，两个人都出现了漫长的沉默。后来，我记得母亲站起身，深深叹了一口气，对父亲说，你该帮帮他。

因为这句话，父亲找了祖父当年的同事，这些人也都上了年纪。一些已经不太记得这么个人。但有一个，是老董当年带过的徒弟小龙。因为老董当年的所为，明面上也已没有了来往。我爸就讲了自己的想法，说，您如今是古藏部的主任了。馆里也是用人的时候，还是将他请回去吧。

小龙就说，哪怕现在，我们都替老馆长冤屈得慌。

父亲叹口气，事情已经过去了这么多年。他那一手手艺，是没有犯过错的。

小龙便说，我也不是没动过念头。如今的这些小年轻，缺的是老人手把手地带。可是，老董这人你知道，倔得很。给他台阶也未必下。

父亲说，或许让他家属配合做做工作。他爱人是什么来历？我上次见到了他女儿，还小得很。

小龙四下望望，说，他没成家，哪有什么家属？那孩子是他捡的，也不算是捡的，有天他出摊儿，去上厕所，回来就看车把上挂着个婴儿包袱。

父亲说，啊，那这么多年，都他一个人带？也真不容易。

小龙说，是不容易。可谁容易？他当年那封信，可让你们家容易了？

因为小龙出面，金陵大学图书馆，给了老董一个临时工的差事，又聘他兼职培训馆里新来的年轻人。

老董对父亲说，不愿意去。

父亲说，你的手艺丢了，不可惜？

老董一边擦洗家什，一边说，我得出摊儿，修鞋也是我的手艺。

父亲摇摇头，说，董哥，我知道你挂着以前的事。如今我放下了，馆里放下了，你自己还放不下？

老董没有再吭声。

他答应了下来，但是还是坚持要每天出摊儿。晚上开夜校，给图书馆的青年员工做培训。还从馆里领了一些活，带到家里来做。

旁人问他。他说，我没脸跟那些老相识一块待着。

这时候，我已经跟着老董学书法。老董和学校里的书法老师不一样。不描红，也不用双钩，就是给我一本帖。这帖上，一页一字，是从各家的法帖上，集聚来的。从“一”字练起，日日不断。母亲听说了，就说，这是野路子啊，别把孩子的字给练杂了。父亲便说，“练得百家好，方知字中字”。这就是当年他爷爷教老董的法子。母亲就不再说话了。

老董家的那张花梨的大桌，腾出来给我和元子练字。老董对我不多言语，一招一式，倒多是元子从旁指点。他自己呢，让图书馆搬来了一张小书桌。桌上多了许多古书。他仍然是修鞋的打扮，围裙套袖，可手上多了一副白手套，拿起书来，小心翼翼地。桌上呢，也都像是修鞋的家什。针锥、挑针、排刷、木尺、大小起子、张小泉的剪刀。眼见着，都是老物。榔头有三把，分别是木榔头、铁榔头、橡胶榔头。还有一把镰刀，是真的镰刀，亮闪闪的，用来裁纸。我说，董伯，这可够威风的。他就笑笑，说，这比起肆雅堂老汪家八斤重的大长刀，可远了去了。

这时的老董，说话也活泼了一些。他手里总不闲着。我呢，生性好奇，练着手里的字，便想去看看他在忙活什么。我问，老伯，你在做什么？他没有抬眼睛，只是答说，伯伯在给书医病。他埋着头，手用一把竹起子，在书上动作着。一盏小灯，光浅浅地打在书上。他仔细地用竹起子揭开粘连在一起的书页，用小毛刷细细刷去页面上的浮尘。那架势，真像极了做手术的大夫。手边的起子，约有七八把，大小厚薄各不同,如一排手术刀各有其用。他手里的这把竹起子,很轻薄,颜色较其他几把更深,末端还挂了红色吊坠。久了,我自然看出老董对它的偏爱。这起子是由扇柄改制的,刚入行就开始用,据说是当年他师傅传下来的。如今不知经了多少年,已用得发亮,像包了层浆。我便也知道这竹起子的讲究:头部要留竹节,不容易裂开;竹起子要带竹皮,韧性好。

这时,老董略抬一抬头,说,元子,打糨糊。

元子便很利落地,将面粉倒在一大一小两个碗里,一点点加水,用力搅拌。一边搅,一边往里头加上些粉末。待看糨糊黏稠了,她又用竹扦子,往外挑东西。我问,这是什么?她说,是面筋。

搅拌到最后,两边的糨糊,一干一稀。那只叫麻团的猫,“噌”地一下蹦到了桌上,趁人不注意,吧唧吧唧,就着糨糊碗舔起来。元子赶紧走过去,在那猫脑袋上磕了一记,说,哪儿都馋得你。我很惊奇,问元子说，这糨糊能吃啊？元子哈哈笑，说，好吃，高营养。这挑出的面筋，姐回头给你拌疙瘩汤。我又问，麻团为什么不吃旁边那碗啊？元子说，麻团精着呢。那碗里加了黄檗水和澄粉，防虫，它不爱吃。

我于是很佩服元子的见识，也让老董教我。老董说，这都是江湖上混饭吃的手艺。毛毛好好读书，将来要做大事的。学这个没用。

我一边缠他。老董又说，你可知道学这个，先要有个什么？

我说不上来。

他对我招招手，说，你来看看伯伯在做什么。

我走过去，看他手里的书，是破旧的焦黄色。纸页上被虫蛀得厉害，布满或小或大的虫眼。老董说，你看着。

他用一支毛笔，蘸上元子打的糨糊，将一个虫眼润湿，然后覆上了同样焦黄的宣纸。后来我知道，那是他存了许多年的毛太纸，用红茶水染过。他用毛笔蘸水沿着虫眼边缘画水纹，再将多余的毛太纸捻断。大点的虫眼，用糨糊润湿后，边修补，边用镊子或针锥小心地挑干净毛边，然后用个小木槌轻轻地把虫眼捶平整。他让我迎着光看看，竟然一点都看不出补过的痕迹。老董的动作十分利落，可我看了将近十分钟，他才补了一页虫眼。这些虫眼有的豆大，有的小似针眼。我的眼睛，已经有些看花了。心里叹一口气。这整一本书，每页都有虫眼，得要补到什么时候？

老董又问我，现在你说说，这行得有个什么？

我想想说，好眼力。

老董摇摇头，只说对了一半。你可知道，修一本书，从溜口、闷水、倒页、钉纸捻、齐栏、修剪、锤平、下捻、上皮、打眼穿线，得二十多道工序。当年我师傅，教我第一步，就是学这补虫眼。那是没日没夜地补，看着小半人高的书，一本又一本。吃过晚饭，给我两升绿豆，到门廊外头，就着月光，用筷子，一粒一粒地捡进一个窄口葫芦。第二天天亮，师傅倒出来。晚上再接着捡进去。就这么着整整半年。我看针鼻大的眼，也像个巴掌。当年梅博士养鸽子，见天儿盯着看，练那眼神的活泛劲。这是一行练就一行的金刚钻。我师傅要我学的，不只是眼力，还有冬三九、夏三伏坐定了板凳不挪窝的耐力。

我不吱声了。老董又问，今天伯伯让你临的"来"字，临完了？

我心里一阵惭愧，乖乖地伏在大桌子上，继续写字。

我的书法，在老董的教导下，的确是进步了很多。母亲有些奇怪，说，这孩子，跟了老董脱胎换骨了。我也要跟着看看去。

便备了糕点，到老董家去。

老董见一家三口都来了，有些欣喜，也有些慌得不知说什么。

母亲一时脱口而出，老董师傅，咱们见过的。我在您那儿修过鞋，好手艺。

话接不下。父亲忙说，老董哥干什么，都是好手艺。

母亲又说，我这个儿子，多亏您教上了道。

老董说，是孩子自已灵。到底是毛教授的后人，一点就透。

老董说完就沉默了。母亲因为知道了这人和爷爷的过往，也竟然不知怎么应对。这时候，她看到门口的炉子上，坐着一口大蒸锅，正有些水汽渗出来。于是找话，这是蒸包子？

刚才还袖着手的老董，听到忽然笑了，说，不是，我在“蒸书”。

蒸书？母亲一愣神。

此时老董迟钝的眼神，也有些生动起来。

他说，今天去馆里，见着小龙。说福建省图书馆送来了一批出土古书，能修的都修了。还有几本老大难，再修不好，就送去报废了。有本《八闽通志》，已经硬成了“板砖”。小龙说这书已经洗了两次，可是因为酸性太高，纸页都粘连上了。无论怎么都揭不开。我就说，我带回去试试看。

父亲说，这法子能成吗？

老董转向母亲，问，弟妹，你说，蒸包子，这包子膨胀松软，靠的是什么？

母亲想了想，是靠了水汽。

老董说，对，就是这个道理。这古籍就好比一个包子，要靠着这股水汽给它松松骨头。

父亲说，那还得加上点小苏打，至少也得加上个酵母头。

大人们就哈哈笑了起来，小屋里的空气，变得轻松与快活起来。

聊了好一会儿，老董站起身，取出竹起子和镊子，揭开了蒸锅。

锅里的水汽漫溢出来。还有一股子酸腐的气

味，着实不好闻。父亲说，是出土文物的味儿。

老董用镊子在锅里揭了一下，又盖上了锅盖，笑笑说，包子还生，火候未到。

说话间，父亲问，和馆里的人相处得都好？

老董收敛了笑容，终于说，实在的，那些小年轻的做派，我不是很看得惯。仪器什么的，他们是用得很溜。张口闭口“科学”。祖宗传下来马褂褙的老法子，哪是“科学”们比得了的。

爸爸想想说，你做好自己的本分。不该你管的，就随他去吧。

老董点点头，说，我有数的。不然白活一把年纪了。

又过了一会儿，老董站起身，说，成了。

他戴起手套，打开蒸锅，从里头取出那本古书。黑黢黢的书，此时像块刚出炉的蛋糕，散发着水汽。

老董轻轻地将它放在一块准备好的棉布上，又拿着一个小喷壶，在书口均匀地喷上水。这才拿起一把小镊子，小心地一点点地伸进书页。

我们一家人都屏住了呼吸，看老董暗暗地使了一下气力。那书页终于被揭开了。我至今记得，那一刻的欣喜，在心中响起了“咔”的一声。如同人生的某个机关，被打开了。

书页的正反面剥离了，完好无缺的字迹。再揭开一页，依然完好。

父亲激动地说，这真是叫个，“大功告成”。

老董也很高兴，搓一搓手，说，这么着，馆里其他几本书，也都有着落了。《齐民要术》里写着呢，没有老法子办不成的事。

这时候，我看见元子挎着篮子走进来。老董说，闺女，去买瓶洋河。毛叔叔来看咱们了。

元子脆脆地应了一声。爸爸止住她，说，今天你爸攻坚成功，理应庆贺一下。走走，咱们下馆子。

分手的时候，老董喝得晃晃荡荡的，紧紧握住爸爸的手不肯撒。他说，毛羽，老哥谢谢你。我是以为自己再也回不来了。

元子搀扶着他，抱歉地看父亲一眼，说，叔叔对不起，我爸喝多了。

父亲也微醺了，他说，没事，你爸是高兴的。董哥，你有元子这件小棉袄，归根还是有福气的。

以后的日子，与老董走得便近了。家里的一些藏书，祖父在世时被毁过一些，失散过一些。但老家陆续又寄来了，皖南的梅雨天漫长，虫蛀水浸了，品相就不是很好。父亲就都送到老董那儿去。我呢，喜欢的小人书《铁臂阿童木》《森林大帝》《聪明的一休》，翻看久了，也送到董老伯那儿去。老董一视同仁，都给修得好好的。

做活的时候，他的话其实很少。少到你屏住呼吸，只能听到房间里翻动纸页的沙沙声，还有裁纸的声音以及木槌落在书页上的钝响。当这声音在你耳畔放大、减慢，即便是一个儿童，也能体会到其中的神圣感。

这房间里的气息，其实也是不新鲜的。因为这些古书经年的老旧，以及潮湿霉变的纸张、寒暑历练的油墨混合在一起，形成了一种浑然而醒神的味道。长了，你会对这种味道产生依赖，甚至在呼吸间上了瘾。许多年之后，我仍然还回忆得起，这是存储在时间中的书的气味。

有时，他会经过我身边，看着我习练书法，不发一言。有时他会俯下身，握住我的手连同手中的笔，很慢地，导引我写下刚才临写的笔画，作为演示与勘误。这一切，都在安静中进行。

唯有一次，我听见他在身后深深叹了口气，说，毛毛，读书的人，要爱惜书啊。

我回过头，看见他手中是我那本散了架的《森林大帝》，他正在一页一页地将书页的折角捋平，然后小心地放在那只里面灌满铅的木头书压底下。那神色的郑重，如同对待任何一本珍贵的古籍。

有一天，元子对我说，毛毛，来帮姐姐一个忙。

她手里握着两卷黄澄澄的线。她把线绕到我的双手上，问我，帮你妈妈缠过毛线吧？

我说，嗯，你要打毛衣吗？

她呵呵地笑了，择出了一个线头，密密地缠在小竹筒上，说，这是蚕丝线，是给线装书缝线用的。

我问，这线怎么这么旧啊？

她手里熟练地动作着，一边说，旧就对了，修古书，就是要用旧线。这线是做旧的呢。

我又问，是怎么做旧的呢？

她说，都是我爸染的啊。这种古铜色，可不好染呢。你闻闻，是不是有股中药味？这里头啊，有红茶、红藤、苏木、关紫草、秦皮、槐花、毛冬青、熟地、洋葱皮。要防虫呢，还得放上黄檗树皮、百部根和花椒种子。一起煮成水，把丝线泡上两天，晾干了，才能派上用场。

我说，那纸呢？伯伯修书用的纸，也要染吗？

她笑笑说，可不！纸那就更讲究啦。一书一纸，百纸百色，都得能对得上才行。爸说，以前老行当修书，都是买那些残旧的古书，裁了天头、地脚、书脑来用。但这法子，是拆东墙补西墙啊。他修书，全靠自己染。他喜欢用的是楮皮纸。楮树皮制成的纯皮纸，又韧又轻薄。这颜色要染得准，得一点点地调，还得一回回地试。要黄一点就加黄檗；要红一点就加朱砂；要黑一点就加烟墨。

我说，这个我也知道。我爸画画的时候，也用调色板。

元子又笑起来，毛毛真聪明，就是这个道理。不过画画，是跟着自己的心。染纸啊，可得紧跟着人家的书喽。

这说话间，一卷线也轴完了。我看着她还稚嫩的脸，很叹服地说，元子，你怎么知道得这么多。

元子说，我爸天天都在修书，见来的，听来的啊。

说完这句话，她眼里头有憧憬。摩挲了手中的线，轻轻对我讲，毛毛，我长大了，也要和爸一样，把全天下的书都修好。

回到家，我和父亲说了元子的话。父亲也感慨，好孩子，有志气。老董这一手好活，算是有个传人了。

秋天的时候，父亲接到了小龙的电话。

小龙说，毛羽，这个老董，差点没把我气死。

父亲问他怎么回事。

他说，馆里昨天开了一个古籍修复的研讨会，请了许多业界有声望的学者。我好心让老董列席，介绍业务经验。结果，他竟然和那些权威叫起了板。说起来，还是因为省里来了本清雍正国子监刊本《论语》，很稀见。可是书皮烧毁了一多半。那书皮用的是清宫内府蓝绢，给修复带来很大难度。本来想染上一块颜色相近的，用镶拼织补的法子，也不知怎的，那蓝色怎么都调不出来，把我们急得团团转。省外的专家，都主张将整页书皮换掉。没承想老董跟人家轴上了，说什么“不遇良工，宁存故物”，还是修旧如旧那套陈词滥调。弄得几个专家都下不了台。其中一个，当时就站起身要走，说，我倒要看看，到哪里找这么个“良工”。老董也站起来，说，好，给我一个月，我把这书皮补上。不然，我就从馆里走人，永远离开修书行。

你说说看，仪器做了电子配比都没辙。你一个肉眼凡胎，却要跟自己过不去，还立了军令状。毛羽，再想保他，我怕是有心无力了。

父亲找到老董，说，董哥，你怎么应承我的？

老董不说话，闷着头，不吱声。

父亲说，你回头想想，当年你和夏主任那梁子，是怎么结下的。你能回来不容易，为了一本书，值得吗？

老董将手中那把乌黑发亮的竹起子,用一块绒布擦了擦,说,值得。

后来,父亲托了丝绸研究所的朋友,在库房里搜寻,找到了一块绢。以往江南织造府裁撤解散时,各地都托号家纺织贡缎,所以民间还留有许多旧存。这块绢的质地和经纬,都很接近内府绢。但可惜的是,绢是米色的。

老董摸一摸说,毛羽,你是帮了我大忙。剩下的交给我。我把这蓝绢染出来。

父亲说,谈何容易,这染蓝的工艺已经失传了。

老董笑笑,凡蓝五种,皆可为靛。《本草纲目》里写着呢,无非"菘、蓼、马、木、苋"。这造靛的老法子,是师父教会的。我总能将它试出来。

此后很久,没见着老董,听说这蓝染得并不顺利。白天他照旧出摊儿修鞋。馆里的人都奇怪着,毕竟一个月也快到了,他就是不愿意停。他获得了小龙的允许，夜里待在图书馆里。傍晚时也跑染厂，听说是在和工人请教定色的工艺。听父亲说，染出来看还行，可是一氧化，颜色就都全变了。

老董家里，沙发套和桌布、窗帘，都变成了靛蓝色。这是让老董拿去当了实验品。

中秋后，我照旧去老董家练书法。父亲拎了一笼螃蟹给他家。看老董和元子正要出去。老董说，毛羽，今天放个假。我带两个孩子出去玩玩。

老董穿了一件卡其布的工作服，肩膀上挎了个军挎。元子手上端着一只小筐。父亲笑笑，也没有多问，只是让我听伯伯的话。

老董就踩着一辆二八的自行车。前面大杠上坐着我，后座上是元子，穿过了整个金陵大学的校园。老董踩得不快不慢，中间经过了夫子庙，停下来，给我和元子，一人买了一串糖葫芦。我问老董，伯伯，我们去哪里啊？

老董说,咱们看秋去。

这时候的南京,是很美的。沿着大街两边,是遮天的梧桐。阳光洒到梧桐叶子上,穿透下来,在人们身上跳动着星星点点的光斑。隔了一条街区,就是整条街的银杏。黄蝴蝶一般的叶子在风中飘落,在地上堆积。自行车碾过,发出沙沙的声响。也不知骑了多久,我们在东郊一处颓败的城墙处停住了。

这里是我所不熟悉的南京。萧瑟、空阔,人烟稀少,但是似乎充满了野趣。因为我听到了不知名的鸟,响亮的鸣叫,是从远处的山那边传过来的。山脚一棵红得像血一样的枫树,簌簌响了一阵儿。就见鸟群扑棱棱地飞了出来,在空中盘旋,将蓝色的天空裁切成了不同的形状。老董长满皱纹的脸上,有了一丝笑意。他对我们说,真是个好天啊。

我们沿着一条弯折的小路,向山的方向走。元子折了路边的花草,编成一个花环,戴在了头顶上。这让她有了明媚的孩童样子。

我们渐渐走近了一个水塘，清冽的腐败的气息，来自浮在水面经年积累的落叶。看得出这是一处死水，水是山上落雨时流下来的，就积成了水塘。沿着水塘，生着许多高大的树。树干在很低处，已经开始分杈。枝叶生长蔓延，彼此相接，树冠于是像伞一样张开来。我问，这是什么树？

老董抬着头，也静静地看着，说，橡树。

老董说，这么多年了。这是寿数长的树啊。

老董说，我刚刚到南京的时候，老师傅们就带我到这里来。后来，我每年都来，有时候自己来，有时和人结伴。有一次，我和你爷爷一起来。

你爷爷那次带了画架，就支在那里。老董抬起胳膊，指了指一个地方。那里是一人高的芦苇丛，在微风中摇荡。

你爷爷说，这是个好地方，有难得的风景啊。

他说这个话，已经是三十年前了。

老董的目光，渐渐变得肃穆。他抬起头，喃喃说，老馆长，我带您的后人来了。

我顺着他的目光望过去，什么也没有看见，只看到密匝匝的叶子。那叶子的边缘，像是锯齿一样。一片片小巴掌似的，层层地堆集在一起。我问，伯伯，我们来做什么呢？

老董俯下身，从地上捡起一个东西，放在我手里。那东西浑身毛刺刺的，像个海胆。老董说，收橡碗啊。

我问，橡碗是什么呢？

老董用大拇指，在手里揉捏一下，说，你瞧，橡树结的橡子，熟透了，就掉到地上，壳也爆开了。这壳子就是橡碗。

我也从地上捡起了一个还没爆开的橡碗，里面有一粒果实。我问，橡子能不能吃？

冷不防地，元子嘻嘻笑着，将一颗东西塞到我嘴里。我嚼了嚼，开始有些涩，但嚼开了，才有膏腴的香气在嘴里漫溢开来。很好吃。

元子说，要是像栗子那样，用铁砂和糖炒一炒，更好吃呢。

老董说，毛毛，你看这橡树。树干呢，能盖房子、打家具。橡子能吃，还能入药。橡碗啊……

这时候，忽然从树上跳下来个毛茸茸的东西。定睛一看，原来是一只松鼠。它落到了地上，竟像人一样站起了身，前爪紧紧擒着一颗橡子。看到我们，便慌慌张张地跑远了。

老董说，它也识得宝呢。

我问，橡碗有什么用呢？

老董这才回过神，说，哦，这橡碗对我们这些修书的人，可派得上大用场。捡回去洗洗干净，在锅里煮到咕嘟响，那汤就是好染料啊。无论是宣纸还是皮纸，用刷子染了，晾干。哪朝哪代的旧书，可都补得赢喽。我们这些人啊，一年也盼中秋，不求分月饼吃螃蟹，就盼橡碗熟呢。

我听了恍然大悟，忙蹲下身来，说，原来是为了修书啊，那咱们赶快捡吧。

老董到底把那块蓝绢染出来了。据说送去做光谱检测，色温、光泽度与成分配比率，和古书的原书皮相似度接近百分之九十。也就是说，基本完美地将雍正年间的官刻品复制了出来。

因为本地一家媒体的报道，老董成了修书界的英雄。邻近省市的图书馆和古籍修复中心，纷纷来取经，还有的请老董去做报告。

图书馆要给老董转正，请他参与主持修复文澜阁《四库全书》的工作。

老董摇摇头，说，不了。还是原来那样吧，挺好。

他白天还是要去出摊儿修鞋，晚上去馆里教夜校，周末教我和元子写书法。

他家里呢，也没变，还总是弥漫着一股子旧书的味道。还有些涩涩的丰熟的香，那是没用完的橡碗。元子用铁砂和糖炒了许多橡子，封在了一个很大的玻璃罐里。我写得好了，就奖励给我吃一颗。

可是，有一天周末，老董不在家。家里没人。也没在馆里。

父亲带我去邻近的澡堂洗了个澡。

傍晚时，再来老董家。门开着，老董坐在黑黢黢的屋子里，也不开灯。

父亲说，董哥，没做饭啊？

老董没应他，面对着那张花梨大桌案，一动不动。桌上有一本字帖，几张报纸。报纸上是清秀的字迹，柳体书法。有风吹进来，报纸被吹得卷起来，荡一荡又落了下来。

父亲又喊了他一声。

老董这才抬起了脸，定定地看着我们，眼里有些混浊的光。

父亲四顾，问，元子呢？

老董很勉强地笑了一下，说，送走了，给她妈带走了。

我吃惊得说不出话来。元子何时有了一个妈呢？

老董摸摸我的头，轻轻说，是她亲妈。当年把她用个婴娃包裹卷了，放在我的车把上。我寻思着，她有一天总会找回来的。她要是找来了，我恰巧那天没出摊儿，可怎么办？十二年了，她总算找回来了。

父亲愣一愣，终于也忍不住，说，你养她这么多年，说送就送走了？

老董沉默了一会儿，说，我去那人家里看了，是个好人家。比我这儿好，那是孩子的亲妈。人啊，谁都有后悔的时候。知道后悔，要回头，还能找见我在这儿，就算帮了她一把。

老董起身，从碗橱里拿出一瓶洋河。倒上一杯，放在了眼前。停一停，一口抿个干净。又倒了一杯，递给父亲。他说，我该歇歇了。

老董没有再出摊儿修鞋。图书馆里的工作，也辞去了。

后来，他搬家了。没有人知道他去了哪里，跟我父亲也没说。

来年春节前，我们家收到了一只包裹，北京寄来的。

打开来，里头是我的一本小人书，《森林大帝》。开裂的书脊补得妥妥当当。书页的折角，也平整了。

包裹里，还有一把竹起子，上面吊着个扇坠子。竹起子黑得发亮，像包了一层浆。

# 三　徒弟

补天之手，贯虱之睛，灵慧虚和，心细如发。

——明　周嘉胄《装潢志》

一周后，我如约来到了简的住处。

家里有个很年轻的声音。我看到一个大学生模样的人，垂首站在简的身旁。简轻声对她说着什么，桌上摊开着一些书页，手中动作，好像在演示。

看到我，女孩大方地打招呼，对简说，老师，您的客人来了。

简笑笑说，这是毛博士，说起来，也是你的学长。香港大学毕业的。

女孩对我伸出手，说，乐静宜。鹿老师的徒弟。

我握手回礼，这才会意，鹿是简的姓。

女孩反身在桌上收拾书页，同时将裁切下来的边角，很麻利地清理好。颔首道，老师、毛博士，我先告辞了。

简送她到门口，叮嘱说，齐栏重在手势，熟能生巧。每本书的鱼尾栏位置不同。记住教你的口诀，不贪快。

女孩笑一笑，一抱拳，说，遵命。

这个笑容很有感染力，让她清淡的面目生动而明亮起来。简笑了，我也跟着笑了。

我们回到楼上。我对简抱歉地说，不知道您在上课，打扰了。

简说，没事，今天不是上课的日子。但静宜要去参加一个比赛，找我补补课。

我说，是修书的比赛吗？

简点头说，是，亚洲修书协会两年一次，今年在东京，增设了青年组。

正说着话，简留意到英国短毛跳到了桌子上，趴在一个玻璃碗里舔食。

简轻轻拍了一下它的脑袋，说，为食！

这只叫Ted的猫并不很慌张。它用前爪梳理了一下嘴巴上的胡须，这才施施然地落地，沿着楼梯缓缓走下去。

玻璃碗里是打好的糨糊。

简叹一口气，说，正经的猫粮不吃，就爱吃这个。

我想起了很多年前的那个下午，有一只叫麻团的猫，也很爱吃糨糊。

简唤吉吉上来，把书桌收拾了，又叫她从一个五斗橱柜上取下一个樟木盒子，拿出一个函套来。

虽然室内的光线并不很好，但我还是看出这函套的华贵。靛青锦绫的底，上面是游云和舞鹤。三角压片则做成了云头的样式，很精致。

简说，我好久不做了。书顶、书根、书口哪一处都马虎不得。还好，几年前在嘉定收了一副象牙签，也派上了用场。

我屏住呼吸。看到她将函套打开，里面是爷爷的书稿。她小心地捧出来，放在我手里，说，完璧归赵。

我看到木夹板上了一层蜂蜡，阴刻的“据几曾看”四个字，愈见清晰。翻开来，书页平整而柔软。经年水渍的痕迹，已看不见了。

简说，洗书除酸、熏蒸、溜了书口，再一页页烫平。你爷爷是个有心人，在内页标注了阿拉伯数字的页码。他是一早预见了有人会拆装。

简说，我师父说，他得到过一册中世纪的书。拆开了，每一页都标注了Signature（签名）。以往制书的人，是把自己的名声都放进去的。

我抚摸书页，心下感动，说，祖父有幸，身后遇到了您。

简说，这份书稿，我边修边读。令祖二十世纪四十年代成书，已提出《快雪时晴帖》是摹本。乾隆爷足五十年，都当是真迹，宝贝得很。隔阵子就写一个跋，盖上一个章。台湾也是后来用了科技，以唐双钩为据，才确定是摹本，比这份书稿里的结论，又晚了数十年。很了不起。只可惜，当时没有出版。

我摇摇头，说，也不可惜。有些话，说得太早了，是没有人信的。

她说，那也还是要说出来。不说出来，压在心里头，不是办法。

她的眼神黯然了一下。这话里有别的话。但是她说，我的一个故旧，给我讲宋画，讲《林泉高致》，我一直不懂。你祖父评郭熙《早春图》，引《华严经》里头一句，点醒了我。

动静一源，往复无际。我说。

她说，嗯，是这句。动静一源，往复无际。

她合上书，装进函套里，交到我手上，说，好好藏着。

吉吉出去买菜了，或在楼下遇到了自己的同乡。欢快的声音响起，由近至远。我和简闲谈了一会儿，准备告辞。

简忽然说，你能帮我一个忙吗？

虽然不知是什么忙，我立即说好。

她指着墙角的一个纸箱，说，最近手时时震，开不了车，请你陪我去一个地方。

我在导航的指引下，过了海底隧道，把简的二手福特开到了观塘区。

我对这里并不陌生。曾经因和某个著名导演短暂合作，我频繁地出没此地，达两个月之久。这里是九龙东的工业区，工厂大厦林立。有些年久的厂房，不复使用，被政府出政策以低廉的租金租给艺术家，美其名曰“活化”。导演的工作室正在这里。于是出于因利就便的考虑，他的不少作品在这里取外景拍摄，又多是动作片为主。这些街巷与楼宇年久失修，而又有种莫名雄伟悲壮的烟火气息，非常适合枪战及飞车。所以，在一些新上映的港片里，我多半还可以辨认出这个区域。

导航结束，我们停在了一幢很偏僻的大厦前。

我搬着那个箱子，跟着简进入一个电梯。那电梯外面竟还有需要人手开关的铁闸。这着实让我开了眼界，此前我只在欧洲那种老式的住宅公寓里见过这种电梯。电梯在二楼停住。扑面的酒气，一个大汉，赤着上身，手里拎着个油漆桶，摇摇晃晃地进来。他转过身，我看见他背后文着一条龙，龙爪的位置，写着“兼爱非攻”。我们在五楼出去。我抱着箱子有些吃力。大汉咧嘴一乐，露出一口被烟熏得焦黄的牙齿，问“使唔使帮手”。

我看见了简走在前面，娴熟地在一个铁门前按动了密码。铁门打开。然而面前又是若干的一式一样的铁门，上面各安装着一式一样的密码锁。同时，我听见耳边犹如鼓风机一样强劲的中央空调的声响。我忽然意识到，这就是“迷你仓”。

有关“迷你仓”，我并不感到陌生。旧年香港出了一桩事故，九龙区一个叫“时昌”的迷你仓发生四级大火。烧足三十四小时，未熄。火势并不大，但因为现场楼层的储物仓如同迷宫，物件纷纭。一星之火，处处燎原。其间两名消防队员不治殉职。

“迷你仓”着眼于“迷你”，是香港人的在地发明。地少人稠，空间逼狭。诸多鸡肋之物，留之无用，弃之可惜。如何？便租借工业区或傍海的小型仓储，摆放这些物件，租期一年至数年。我识迷你仓，是当年在香港大学读书时。毕业的师兄师姐，有如默契，将办公室的各类书籍打包，纷纷存放于斯。回归家庭本位后，对书籍封锁致哀，如天人两隔，永不相见。

我忽然想，或许我手中的纸箱，装满的是书。

果然，简用裁纸刀将箱子划开，从里面取出一摞颜色陈旧的书。她再次按动密码打开了一扇冰冷的铁门。里面摆着三个同样冰冷的铁质的书架，是那种图书馆才有的书架。这书架是定制的，很高，上接着这个厂房改建的迷你仓独特的天花板。天花板盘旋着看得见经年锈迹的管道。书架下面，还有一部可以自由伸缩的梯子。

简将梯子打开，挪动，指着书架高处还空着的位置对我说，请把这些书帮我放上去。我按照她的指引，将这些书在书架上排好。我可以闻到，这些老旧的精装书，却散发着新鲜的糨糊和皮革的味道。

简说，帮我把旁边的那些书拿下来。我拎起其中一本。仓促间，这本书的书脊竟然整个掉了下来，落在了地上，激起了一阵烟尘。我慌张地对简说对不起。简笑起来，摆摆手说不要紧。我这才发现，这些书，已经残破不堪。我很小心地一本本取下来。简按照次序，将它们放进了刚才的纸箱里。

简将其中一本拿起来，掸一掸灰，满意地说，带回去慢慢修。

我这时才认真打量这个迷你仓，发现比我想象中要大，只不过空间被几个书架遮蔽了。原来书架后还有许多纸箱，上面标注着号码，似乎写的是年份。

简在我身后，安静地说，这是我的书店。

没待我细问，她说，从中学开始，我所有的藏书都在这里。四千多册吧。

她四望一下，在书架上取下一本。说起来，都过去了许多年了，总也舍不得丢。小时候，家里经济条件不好。我又爱读，就在旧书摊和文具店“打书钉”，不肯走，一站就是一个下午。老板娘赶了几次，我就用省下的零用钱来买。新的买不起，就买旧的。一来二去，也攒下许多书。可这些书呢，缺少照顾，多半无“完身”。我那时爱读小说，因为封面脱落，连带了前后的章节。对不少故事，我现在记忆都是有头无尾，也多了一些念想。后来读了大学，还经常帮衬那家书店。老板娘对我说，有个客人，把一套书放在店里寄售，少了一册，卖得便宜。我一看，是一九七四年内地出版的《脂砚斋重评石头记》。宣纸朱墨套色，原尺寸影印。我恰巧在《明报月刊》上读到了这套书的广告。说来也是个缘由。那时，北京出版了这套“庚辰本”《石头记》，全世界限量两千套。价定得很高，是用来赚外汇的。香港分得五百套售卖，当时作价两千五百元。我翻开来，就看到这套线装书，跟足原书订装，就连眉批原本红色都保留了。拿在手里就不忍放下。老板娘说，那客人开价一千二百元。我说，我是学生，没有这么多钱，可我想要这套书。老板娘说，这个客人要移民英国了，我替你问问吧。后来，客人回话了，说可以一千元给我。在二十世纪七十年代，这仍然是个不小的数字。我叹口气，摇摇头说，还是算了。老板娘说，郑先生说了，不急着你还。他留下了一个账户，你储够了再还他。

我用了两年时间，补习、做兼职赚钱，把这笔钱分期还掉了。简说。

我说，这套《石头记》，少了哪一册？

少了最后一册。我去年才补齐，也不知谁舍得放了出来。简将铁门关上，上了密码锁，问我说，饿了吗？我们去吃饭。

我推辞了一下。简说，餐厅不远，当是谢谢你。

我们开着车，只经过一个街口停下，是另一幢工业大厦。

简掏出眼镜，在通信簿查找，先打了一个电话。然后，我们经过一个昏昏欲睡的保安，搭乘电梯上了楼。

电梯门打开，没想到别有洞天，竟如同一个热闹的市镇。迎面是悬挂着红色灯笼的居酒屋，墙上浮雕了能剧面具。一个打扮成早乙女乱马的女孩，手里捧着试吃的甜品，一面在派发传单。而隔壁的玩具店，招牌闪烁霓虹，里面发出嘈杂的电子游戏的声响。

简并没有理会我的瞠目，只是一径走到了走廊的尽头。一个门脸很小的店铺。没有店名，门口只镶嵌一个门牌号，630。

走进去，黑咕隆咚的。这时候灯开了，走出一个模样很精干的白种男人，衣着形容精致。他用英文说，简，好久不见。

他们拥抱，动作简洁。简洁一如店面的陈设。工业风的铁艺桌椅，墙一律漆成了凝重冷淡的青灰色。男人将我们引入其中一张桌子。

男人问简，吃点什么？

简说，马克，我很想念你的烤羊羔肉，半熟，多放点迷迭香。

男人说，这位先生呢？

我说，一样。谢谢。

男人说，还是厨师色拉？今天的龙利很不错，给你做个海鲜饭,配黑椒汁。附赠一个新研制的甜品。

简说,好。我都快忘了你做的云石蛋糕的味道了。生意会比以往好些吗?

男人说,还过得去。现在主要靠在“脸书”上打广告,只接受预订。不要浪费了好食材。你呢,去年跟我说重开书店的事,怎么样了?

简说,恐怕是遥遥无期。等我把这些书都修好了再说吧。

简给我倒了杯气泡水。自己要了杯热柠檬。她说,上了年纪,喝不了冰冻的了。

我说,这家店的名字别致,叫“630”。我猜对店主很重要。

简说,是,对我也很重要。十一年前的六月三十日。同一天,他在中环的西餐厅,和隔壁我开的书店都结了业。房东加铺租,实在承担不起。这个工厦的租金,便宜很多。几年后,他打电话给我,我也很吃惊。真想不到,他会在这里东山再起。我一直以为,他早回意大利去了。西西里人,真是有股不屈不挠的劲头。

我说,你开的书店?

简笑一笑,说,先填饱肚子。我再和你说说这些伤心事。

这个叫马克的厨师，同时也担任着店里的侍应。我本来担心如果客多了,他的人手如何应付,但其实是多虑。我们在吃饭的过程中,并没有什么人进来。以至于他在服务我们的同时,还可以和我们聊上几句,说些俏皮话什么的。但不可否认,简的介绍很不错。他的羊羔肉,烤得好极了。尤其是配的酱料,有一种奇异的鲜香。

马克说,这是用香港本地的虾酱调制的。取材自靠近大屿山的大澳渔村。他总是亲自去购买食材，要看清楚虾酱由那些年迈的婆婆光着脚踩出来,然后用那种阔大竹匾晾干在海滩上,才会买。

简看马克走远了，说，真是个妖精啊。十几年过去了，竟然一点都没变。连他那粒黑晶石的耳钉，都没变过。那时 BBC 采访我的书店，他还客串出了镜，结果播出后，竟然还有人写信给我，要他的联系方式。

这一定是个很棒的书店。我说。我知道自己说这个话，是出于很大的好奇。

简说，说来话长。我并没想过要开书店。我大学毕业后，曾经去加拿大学戏剧。第二年，我父亲过了世，家里经济出了困难。我回到香港，经人介绍，在鞋业公司做事。那时年轻，被公司派到内地去做“开荒牛”。内地刚开放，有许多机会，拼命工作了几年。后来，香港的制造业不行了，公司业务撤退。我就在一家电脑公司担任销售主管，还是满世界跑。钱赚得少了，人倒是优游了些。到了一个地方，就逛逛当地的二手书店、旧书摊。逛多了，发现以前喜欢的小说，在英国可以买到古董版。只是破烂些，有的十五便士就能买到一本。你看看，英国一年、新西兰两年、澳洲五年、日本五年。这样十几年，积攒了许多的二手书。我在西环租了一个唐楼单位，摆这些书。我母亲去给我收拾，说，人家讲“破家值万贯”，可这些破书，看来看去都是一堆垃圾。

这时金融风暴来了。公司裁员，裁到中层，我在名单里头。我没结婚，没家累，薄有积蓄。我看着家里堆满的书，想想说，那就做点自己想做的事吧。我开了个书店，叫 The Book Attic（书阁）。先开在湾仔的厦门街。我还记得把那些二手书排上货架的情形。朋友的物业，原来是间香料铺。上一手留下的香料味，混着书的尘味与纸张味道。朋友有鼻炎，闻得直打喷嚏。我却觉得沁人心脾。还记得夜里头，我坐在灯底下，设计店面海报，把这些年来买的书排成目录，简直觉得进入了“神圣时刻”。我收旧书之后，会逐本打理、清洁，修补书角，才放上书架。那时基本的书籍护理，我驾轻就熟。可这些收藏里，有许多甩皮甩骨的古董书,实在力有不逮。可我又不甘心。你还记得,我学生时经常光顾的那间旧书店。后来老板娘联系我,说,她的书店要关张。那个卖给我《石头记》的先生,把在店里寄售的书都送给了我。里面有一本古董书,是一八四〇年出版的《鲁滨孙漂流记》。羊皮的硬皮书封,烫金斑驳,整个掉了下来。通脊已经全部散了。这么多年,我就想着将这本书修复好。

我送去了许多地方,都说修不了。遇到一两个所谓专家,也是徒有其名。其中一个,竟然用手术胶带敷衍。之后,我用了半年上香港大学古籍修复的培训班。上完了,我拿着书问导师,能不能修?导师摇摇头,给我一句话:不遇良工,宁存故物。

我就把这本书放在书店当中的书架上,给自己看。

其间,我的书店开出了名堂。开业两年,被 CNN 旗下生活网站 CNNgo 评为“香港最佳独立书店”。

有电视台找上来，问我有什么愿望。我说，希望有生之年，能把书店里的书都修好。

后来，湾仔的店被朋友收走。我搬到中环，是楼上铺。这让我知道了什么叫流年不利。我在这里一开始就不受欢迎。这是老式唐楼，楼上的住客多半是老人家，住了四五十年。书店在楼下，老人迷信风水，说书书（输输）声不好，病痛又赖书店，赌马输了又赖书店。到后来竟然联名写信给业主。业主便不愿意与我续约，话说得客气。说楼市劲升，书店收益微薄，怕顶不起铺租。这是实情，我开了六年书店，只有三个月赚钱。前头十几年的积蓄，折去了大半了。

我歇业前最后一个月，书店生意，已经清淡得拍乌蝇。有一天，来了一个客人，是个头发花白的先生。他走进来，四围看看，从书架上抽下一本书，问我，这本书卖吗？

是那本《鲁滨孙漂流记》。我说，不卖。

他问,为什么不卖?

我说,因为没有修好。

他问,没修好。就一直放着?

我想起了那句话,于是脱口而出:不遇良工,宁存故物。

他听了笑一笑,说,既然是故物,能物归原主吗?

我愣住了。他翻开了书封,指给我看扉页上的简签。书页旧得发黄,钢笔的笔迹还十分清晰。

S.C.。他说,这是我的名字,Stephen Cheung。

我忽然意识到,这是二十多年前,卖书给我的郑先生。

他微笑,问我,那套《石头记》,最后一本补齐了吗?

我想象过很多次这个人的样子。但他对我说话的时候,我头脑里一片空白,甚至没有兴奋的感觉。

他说,我在 BBC 的节目上,看到了你的书店。

一个特写给到这本《鲁滨孙漂流记》,一眼认出是我的。这书脊上的牙印,是我儿子换牙时咬的。我前年从伦敦回到香港,找到了湾仔的厦门街,才知道你的书店关了门。功夫不负有心人,终于给我找到了。

我苦笑,说,你来得正是时候,我月底就又关门了。

他说,书店关门不怕。你在节目里说,平生的愿望,是修好这些书,这话可还算数?

我说,书店都没有了,我还能做什么?

他从包里掏出一张支票,说,我买下你店里的书,这是三分之一的订金。但我只接收你修好的书。

我看了一眼,对当时的我来说,这是个天文数字。

他留下了两个电话号码。一个是他在伦敦的电话,还有一个,是 Flora Ginn 的。我后来才知道,Flora Ginn 是英国最出名的古籍修复师。

简说，后来在伦敦的那些年，是我此生最快乐的时光。

终于可以面对真实的自己。这话说大了。其实很简单，你与三百年前甚至六百年前的书坦然相对，没有顾虑，没有生计的压力。整日触到那些微微发黄的纸、闻到有些发霉的墨味。那种喜悦，是很难形容的。

Ginn 是个很严厉的老师。虽然我从来没有预计拜在她门下会有任何浪漫的细节，但她反复地强调，我是她收的第一个亚洲学生。以求学论，我的年纪不占优势，还要克服在文化背景上的障碍。

修复古书，是一门技艺。工欲善其事，必先利其器。这一点英国人和我们一样。Ginn 并不提倡用任何现代科技的方式，介入古书修复的工作。她认为所谓事半功倍的代价，是细节的冰冷和粗糙。工作室如同一座作坊，所有的工具看似凌乱，却各司其职，都是经历了岁月考验的。用久了才知道多么趁手。我现在用的那只书压,也是一百多年前的古董。你必须逼迫自己成为一个熟练的工匠。因为你终日打交道的是不同质地、颜色的布、线甚至木料。Ginn曾经教我自己做一张衬纸，用去了整整三天的时间,才算合乎了她的要求。

我真正遇到的难题,是修书当中的学问。这真是一世也学不完，不只是修复技术要纯熟,Ginn要求我在半年内研习欧洲古书的订装历史。说起来，在西方,十三世纪才开始出现订装技术,之前人们一直用“纸莎草”来记录文字。两百年后,人们开始用木板做书的封面,后来再发展至用皮革。现在我们常见布封面的古书,是十八世纪才出现的。因为工业革命后,书籍大量生产,要用更廉价的方法造书,于是开始用纸板做封面,再在上面裹一层布包装。

简打开纸箱,翻找了一下,从里面拿出一本书，整个书脊开裂。她对我说,你看看这本。基本可以估出，是十九世纪下半叶出版的。欧洲图书往时黏合用动物胶，后来英国殖民东南亚，他们才改用当地产的橡胶。怎知橡胶效果差，太易变干变脆。而且为了节省人手，不用线订装。那时候，低成本生产出来的书，揭几揭就会烂。就好像这本，修起来要费不少力气。学习了这些历史，每次修书，动手前先研究书籍来自什么年份、用什么方法订装。有时候，书不会注明什么时候出版，也可以从蛛丝马迹推断，例如纸质、封面工艺，或者出版社。我修过一本约有四百年历史的书，是本法国出的《版画图鉴》。脱页破损还是小事，最大问题是，书里有几页不见了。还是老师点拨，我到大英博物馆查找同一版本的书，把缺了的几页影印，然后重新为那些缺页制版，用相同的印刷方式、字体、颜色，再用相近的仿古纸，补回那几页。我花了三个月的时间将那本书修好。我老师对我说，你可以满师了。

我听简说到这些，如数家珍。面前的甜点已经化掉了,也浑然不觉。她的眼睛里,闪着晶莹的光,让整个人也明亮起来。

我问,听欧阳教授说,你拿到了英国的修复师资格证。后来就回到中国香港,开始为郑先生修书?

简愣了一下,眼神忽然暗淡下来。她没有接我的话,只是抬起胳膊,远远地对马克做了个手势,说,埋单。

她的手指,在微微地发抖。

送她回去的路上,简没有再说话。她有时只是凝神盯着前方,有时会看看车窗外。稍开得快了些,山道上的路灯连成了起伏的弧线。

大约一个月后,我接到了简的电话。邀请我参加一个派对。

她的学生乐静宜,在亚洲修书大赛上,获得了青年组的冠军。简亲自下厨,请大家吃饭。

她说,今天学生们都会来。

按照我所预想的，这是以满门桃李为主题的青年人的聚会。然而到了才发现，并非如此。来者寥寥，到场的，竟有半数是中年人。有一个须发皆白的老人，年纪似乎在简之上。但穿着很时髦，他叫阿超。

晚宴布置在天台上，风景独好，可以俯瞰整个中环的夜色。我是许久没有在山上看过中环了。当年在香港大学读书时，常攀山去龙虎亭。中环的璀璨，似乎永远是这座城市的缩影。即便远离市井喧嚣，隔了几重距离，仍如在眼前，伸手可触。此时的流光溢彩，又密集了一些。我伸出手，比画了一下。中银大厦上巨大的避雷针，像是一截铅笔头，错落在我的拇指和食指之间。

我们喝香槟，吃着静宜从日本带来的乌鱼子。交谈间，彼此开始熟悉。阿超是个退休的工程师，年近七旬，曾在南丫岛的风采发电厂工作。至今仍住在岛上，经营着自己的有机果园。擅长海钓，所以是那种被海风终日吹拂的黧黑脸色。他是简的第一个学生。

阿超说，我们这些人，多半是从顾客做起。我可不是什么古书藏家，认识简时，只是个音响发烧友。我爱自己砌真空管机。有本教人砌机的平装书，二十世纪七十年代出版，是我们这一行的《圣经》，很好用。因经常翻阅，内页就松脱了，就来向简求救。

简说，当时我没想接这单 case。师门有训，按行规这样的书不能接。阿超捧着他的书，一脸丧气，像捧着自己生病的孩子。我心软了，但还是对他说，你这本书标价一百二十元，我修好它，原材料加手工，要三千二百元。不如买本新的。阿超没有犹豫，说，多少钱都修。

阿超接话说，后来，我拿回了这本书，觉得简是它的再生父母。人说医生救死扶伤，情同此理。我就拜在她门下。

阿超执手行礼，像模像样，把我们都逗乐了。他说，诸位莫笑，不是我虚长了简几岁，真要摆一个蒲团敬上一盅拜师茶。

旁边的思翔道，我那本《书法辞典》，给小孩胡闹打翻了墨汁。不贵重，可已经绝了版。用了二十年，心里很不舍得。交给简，竟然也回了春。人说新不如旧，这感情在里头，可是钱两能计算得清的？

我在旁边听了，心里一动，想起了什么。问这"除墨"，可是用"西瓜出霜"的法子？思翔说，这是秘籍，要老师说，先得拜师。

简笑笑说，倒没什么要保密，我回头细说给你听。中国人有中国人的老法子，西方人也有西方人的办法。道理都是整旧如旧，不过殊途同归。

这时走进来一个妇人，风尘仆仆，连声道来迟了。说是送孩子去补习班学钢琴，刚才接了来。来人叫秀宁。简亲自切了一块云石蛋糕给孩子，看得出是在马克那里订的。妇人便提醒孩子，说，快谢谢师奶奶。

简就佯装生气的样子，说，唉唉，这不是把我叫老了？

秀宁就不安起来。简说，看看你，都是做妈的人了，还像当年一样，一说就脸红。

秀宁也笑了，看看我，说，这位是？

阿超就说，新朋友，毛博士，在大学做教授。你家 Ken 仔好好学，将来要跟教授读书。

秀宁说，好，博士要帮我教训。这孩子，唔生性，成日只挂住打电动。

这时夜风凉了，人们三三两两往楼下走。简收拾碗盏，我留下帮她。她看看外头，远处不知是哪里的年轻人，说笑着走来。其中一个打了一个响亮的呼哨，旁边的人就喧嚣起哄。

秀宁的孩子，蹲在墙角，和那只叫 Ted 的短毛猫玩耍。简说，过得真快啊，这孩子见风长，几年都这么大了。当年秀宁自己还是个孩子呢。

我笑说，做老师的，是看着时间跑的人。我在这大学不过教了七八年，都感叹得很。

简说，其实我没想过收徒。我老师说，我们这一行，是自己一个人的清苦，不可半途而废。底细未明的人，心中有名利的人，都做不了。可是，自从收了阿超。每收一个学生，似乎都有非收不可的理由。

我问，那为什么收秀宁呢？

简叹一口气，我从英国回来，有一段时间，日子很难熬。后来是社工推荐，去看心理医生。那天去诊所，看见一个年轻女人，坐在椅子上哭得很伤心。你想，一个人哭得旁若无人，是得有多大的痛。我看到她站起来，有些艰难地撑住自己，这才看出她有身孕。她手里捧着一本书，是本《圣经》。后来，陪我来的社工就说，这是同他一个教会的姊妹。也是命运不济，年初婚变。犟得很，自己一个人，非要将孩子生下来。她人生的支撑，是她的奶奶。祖孙感情很好。奶奶后来得了阿尔茨海默病，后母不容。她大学后，便把奶奶接出来照顾。祖孙相依为命。一年前，奶奶也去世了，她一直撑着。这本《圣经》，是祖母的遗物之一，上面有老人的许多笔迹。她从此不离手，宝贝得很。也是用得太久了，书终于散了。她感情就崩溃了。我想一想，就对社工说，别的不敢说。这本书，我可以帮上忙。

后来，社工带着她登门道谢。她说，看到这本修好的《圣经》，一刹那，她觉得人生又有了指望。临走她对我说，想跟我学修书。我刚想婉拒，她说，家里还有一些奶奶留下的书籍，都很残破。她想亲手修好。我看她大着肚子，眼里有热切的光，就说，好。

你看现在，她一个人将孩子养大，又找到了工作。她对我说，她每次洗书，人就轻松一点。觉得将奶奶一生的辛酸，连同自己往日的不快，都洗去了。

后来，我也慢慢好起来。做这行，何止是医书，医人也自医吧。

这时楼下欢呼。就见阿超上来，说，简，那边有节目，你是主角。

我们到了楼下。看大家原来正徐徐打开两幅卷轴，赞不绝口。书法家思翔说，这一幅给老师，“焕然一旧”。我不贪天功，这不是我的原创。有次听欧阳教授说了这句，觉得很贴切，老师做的事，正是给古书脱胎却未换骨。另一幅给静宜，“惜旧布新”，贺她在大赛拔得头筹。说起来，我们这伙子人，走到了一起，因为兴趣。而人有天赋，我跟老师学了两年，也就是个三脚猫功夫。我们中真能继承老师衣钵的，可能只有静宜一个了。

静宜只是浅浅地笑笑。按说她是今天的主角，话却分外的少。没有凯旋应有的喜悦，更不复与我那天初见时的活泼样子。

她身边的一个年轻人，旁人介绍说是她男朋友，叫文森。文森在投行工作，据说已经和静宜交往了两年。两人看上去是亲密的，但文森似乎是广交天下贤士的性情,经常走开去和别人倾谈。他与我谈了一会儿现代大学教育制度的得失,得出了一个结论:将来大学不会再需要教授,甚至大学也将被取替。“毕竟以后都是人工智能的天下。”

这时候,阿超眨眨眼睛,说,我听说文森还有个余兴节目。文森于是迅速站到了众人之间,从口袋里拿出一本精装书。这书的黑封皮上,金色烫印着Louise。这是静宜的英文名字。

文森忽然走到静宜面前,单膝跪地,慢慢打开了那本书。在书页的正中央,镶嵌着一枚戒指,熠熠生光。文森说,静宜,这是我生平做的第一本书,连同对你的爱,一并放在里面。嫁给我,此生读你千遍不厌倦。

旁人自然起哄,夹着祝福。年轻些的开始呼喊。

静宜的脸色并无兴奋与意外。她缓缓站起来,看了文森一眼,目光是冷的。她合上了那本书,然后说,修书的本事,不是这样用的。

静宜在众人的目光中走出去，留下文森，傻愣愣地站在原地。

这一幕太突然，出乎所有人的意料。事实上，这次求婚并不是兴之所至，而是群众智慧共同策划的结晶。本以为是派对高潮，没想到如此潦草地收了场。意兴阑珊间，众人纷纷告辞。

我往山下走，主道上的出租车会多一些。夜风有些凉了。

一辆车在我身边停住，车窗摇下来，是静宜。

静宜说，毛博士，上车吧。我送你一程。

我说，太麻烦了。我要过海。

静宜将车门打开，说，我去九龙塘，顺路。

她静静地开了一会儿。我觉得气氛有些尴尬，就问，文森没和你一起？

她愣一愣，说，今天失礼了。

我说，没关系。小伙子总是性急些。

她看了我一眼，说，你也是年轻人，却没有年轻人的好奇。

我没有说话。她继续说，你们知识分子，总是很谨慎。生怕交浅言深，惹火上身。

我终于笑笑说，你很喜欢对人做判断。

我下车的时候，在后车座上看到了一本精装书。很老旧，但是封面有古典繁复的压金图案，上面用英文写着《鲁滨孙漂流记》。

简中风，是端午节前后的事。

我看到一个陌生的电话号码。接了，是静宜打来的。

我到了医院。简抢救过来了，躺在病床上。苍青脸色，看到我，眼睛亮一亮，眼珠一转。静宜便慢慢将病床摇起来，枕头垫高，服侍她半坐着。

简张一张口，她的嘴巴有些㖞斜了。她用了气力，很艰难地说出了“毛博士”三个字。声音的含混，将她自己吓了一跳。她必定是觉得不体面，便紧紧闭上嘴巴。

她示意静宜，为她拿来纸笔。她将胳膊从被子里伸出来。我看到，她的手抖得很厉害。她用尽气力，让自己攥住笔，在纸上一笔一画地写字。

字迹是歪歪扭扭的，但我还是辨认出，是“修不了书”。

她写完这四个字，仿佛如释重负。绷紧的身体，于是也松弛下来。她看着我，看了一会儿，轻轻地将眼睛合上了。我也静静地望着她。有一滴泪，沿着她的脸颊，缓慢地流下来。

我说，简，你好好休息。我稍后再来看你。

静宜送我出去，我们穿过走廊，到了楼下平台。

平台上是一个布局精巧的花园。花圃开满了绿莹莹的绣球，枝叶交缠，十分茂密。只是五月，香港的天气已经很热，伴着雨季的湿潮。远处望到狮子山起伏的轮廓，也是灰蒙蒙的。间或有蝉鸣传过来，是压抑的声嘶，听来有些令人窒息。

我对静宜说，这阵子照顾简，辛苦你了。

静宜淡淡说，没什么。她以后也要归我照顾了。

我一时疑惑，稍停顿了一下，心生佩服，便说，简没有子女。一日为师，终身为父，遵古训的又有几人。你很难得。

静宜笑一笑，将眼光移开，落到两个在台阶上嬉闹玩耍的孩子身上。他们后面是一对年轻的男女，也注视着他们，眉头紧锁。

静宜喃喃道，为师……又岂止呢。

她看我愣住了，于是说，毛博士，不赶时间的话，我们去那边坐坐。

透过咖啡厅的落地玻璃窗，我这才看出那两个孩子，其实是一对双胞胎。生着一模一样的面目，却没有落入双生儿装扮的窠臼。他们的衣着并不一样。发型也不同，一个留着时髦的偏分，另一个则是利落的平头。其中一个似乎玩累了，开始厌倦另一个仍然兴致勃勃的挑衅，将头拧到一边去。这时，我们都看到那个年轻的女子，将头依靠在男人的肩上，那肩膀有些微的抖动。她应该是在啜泣。

你说，静宜忽然开口，这四个人，是谁病了呢？

此时她面目平静，看不到同情，或是其他任何的情绪，是木然的脸色。下午间歇的阳光下，可以看见她青白的脸颊上，有几颗浅浅的雀斑。

你知道吗，我小时候自己发明了一个游戏。经常坐在路边，看那些交谈的行人，猜想他们的关系。伦敦的天气总是很阴郁，人也不怎么说话，起码比香港人的话少得多。这为游戏带来了难度。但是好玩的地方，也在这里。你于是需要根据你看到的，不断地揣测，然后不断否定推翻自己，再重新猜想。这很耗工夫，不过没关系，本来我也没什么事可做，正好用来打发时间。

这像是哲学家和职业侦探做的事。我笑一笑，问，那时你多大？

还在上小学吧，我的父母已经离婚，我跟我妈妈过，也改跟了她的姓。事实上，我已经不太记得我爸的样子。我只在每个月的探望日能见到他。打我记事，他在我印象中，就是个上了年纪的人。我是老来子。我应该来自一次失败的避孕。或许大家对我来都缺乏思想准备，好像是我打乱了所有人生活的阵脚。我出生时，我的两个哥哥已经成年，都搬出了家里。大哥继承了爸的生意，娶妻生子。二哥在海事军官学院毕业后，也很少回来。只有每月阿妈煲老火汤时，才出现，算是碰个面，到底还是广东人。

所以，我出生时，我爸已经是半退休状态。我还记得的是，我爸有一间书房，很大，比客厅还大，摆满了书。可我哥说，这个书房，只有在香港时的三分之一大。爸的书房，总是锁着。有时，他会把自己反锁在里面，一待就是一个下午。不经他同意，没有人能被允许进去。记得我七岁那年,有次偷偷跑进去了。那是我唯一一次,一个人待在这个房间里。我踮起脚,用手去够一本《植物图鉴》。我太矮了,那本书掉了下来,砸到我的头,又掉在了地板上。我哭起来。我爸急忙推门进来,把那本《植物图鉴》捡起来,反复查看。皱着眉头,神情里是心疼。然而自始至终,他没有看我一眼。他似乎终于发现了满脸泪痕的我。他冷冷地对我说,出去。

嗯,那一瞬间,我甚至希望他动怒。像个正常的父亲,对一个做错事的孩子,该有的样子。但他只是冷冷地让我出去。

再后来,父母就离婚了。家里没有任何波澜,好像这是一件顺理成章的事。很多年后,我回到了香港,见到了我们家当年的亲戚。我知道我的父母从未相爱过。他们结婚,只是我祖父想兑现当年的一个承诺。

父亲把房子留给母亲和孩子们,把财产也做了恰到好处的分割。然后他俩客客气气地分开了。我从小对“相敬如宾”这个词,一直有另外一种理解。两个人组成一个家庭，一开始就是为了各司其职，像是关系不错的同事。那个担任“父亲”这个职位的人,年纪大了,做不动了,申请退休、离职,一切情有可原。可是,他把那些书带走了。这是唯一触动了我感情的事。整个房间,空荡荡的,连书架都没有留下。我走进去,还用脚步丈量了一下。这才醒悟,我长大了。或许,这间书房,本来就没有这么大。

我妈没有将这个房间再派其他的用场,只是用来堆杂物。这样,我们就不用经常进去了。

十五岁那年,我第一次去父亲的住处看望。父亲住在查令十字街的一个小公寓里。楼下是一间书屋,是他的老朋友在经营。实际上,这条街道遍布着书店。我走进父亲的家。公寓只有一间房。我走进去,觉得似曾相识。然后发现,父亲只不过将他当年的书房,原封不动地搬了过来。从陈设到格局,甚至一幅字画悬挂的位置,都是一样的。原来,属于他自己的空间,一直都没有变过。

父亲更老了一些, 和我记忆中的不太一样了。或许是神情吧,也温和了一些。人仿佛自在了,眉目舒展。我打量这个房间,到处都是书,整齐或凌乱地摆着,好像都是它们本来该在的地方。我当时想,这些年,他和这些书相处,比和我们在一起,愉快得多吧。那个下午,我从未听过父亲说这样多的话。原来他是个健谈的人,声音也是很好听的。他甚至问起我的学业, 和我一起嘲笑那个教威廉·布莱克诗歌的洋先生古怪的发音。我必须要走时,他站起来,定定地看着我,说:你长大了。

在我印象中, 他从来没有这样认真地看过我。他回过神,在书架上翻找。找出一本书,放在我手里,说:孩子,你可以读这些书了。

那是本中文的线装书,《阅微草堂笔记》。我捧着那本书,犹豫了一下,终于对父亲说,我读不懂。

事实上，自出生以来，除了在家里说广东话，我几乎没有过中文方面的教育。父亲笑笑，说，没关系，我教你读。

在以后的若干年，我恢复了和父亲的亲密关系。尽管这种亲密似是而非，并不很像是父女，更类似某种师生的相处。我们的话题有限。他不会和我打听家里的事，我自然也不会主动提起。只有一次，母亲在我床头看到了父亲送我的书。她翻开来，看了一会儿，又合上了，什么也没说。我想，她并不认识那本书，可是她认识父亲的签名。

我们的相处，也会有一些间断。因为父亲不定时地会去中国香港与日本东京。每次总带回来一些书。那些书，一些很残旧了，有不新鲜的颜色与气味。但父亲总是兴致勃勃地拿给我看。

在往后的一天，父亲对我说，他恋爱了，可能很快会结婚。

我得承认，我丝毫没有察觉到。我在想，可能父亲已经给了我一些暗示。这大概不仅因为老年人的含蓄，而是由于中国人处理情感的克制。这时我的中文突飞猛进，但还远远不够体会这些。

父亲说，他一个月后，会去香港结婚。

那一刹那，我没有嫉妒，或者不安，甚至，我有一点为他高兴。我不知道基于什么立场，可以做出适当的反应。

他说，孩子，你会来参加我的婚礼吗？

我点了点头。

一个月后，我没有等到父亲的婚礼。但是很快，我参加了他的葬礼。父亲死于心肌梗死，在他独居的公寓里。死亡时间是在夜里。他开书店的朋友，也是他的房东，第二天中午才发现。

我们去整理他的东西。他已经整理好了两个行李箱，里面除了一些必备的衣物，只有书。

葬礼上，我等着一个人的出现。但是她没有来，这个陌生人。

父亲留下了一份遗嘱，似乎是很久之前就写好了，存在房东朋友那里。因为那次离婚的财产分割，他并没给自己留下什么。遗产所剩无几，这大概也是他没有麻烦律师的原因。这份遗嘱，更类似某一种临别赠言。宣读的过程中，唯有母亲哭了。或许因为在遗嘱中，对她只字未有提及。

父亲将他的书，都留给了我。他另外写了一封信给我。信的内容是，万一我赶不上参加他的婚礼，是因为他先走了一步，他想请我满足他的一个遗愿。他希望我对他的书能有一个“体面的继承”。

他留了电邮和一个香港的电话号码。他说，这个人能够教会我，亲手将他留下的书，恢复体面。

三年前，我辞去了手上的工作，申请到香港大学研究所读书。这是我父亲的母校。

然后和简学书籍修复，如今算是满师了。

今年是父亲去世五周年。静宜平静地看着我：农历新年的初三，是他的忌日。

大年初三。我忽然想起，那天是我和简初次见面。我清楚地记得，昏暗的房间里，她手里执着一柄刀，正在裁切一些发黄的纸。看到我们，她将那些纸静静地收下去了。她或许在为祭奠一个重要的人，做着准备。

我犹豫了一下，终于问静宜，你是什么时候知道的？

静宜抬头看我一眼，将目光放向远处。她说，在我父亲最后的行李箱里，放着一本复刻版的《脂砚斋重评石头记》，最后一卷。简有一次无意中说起了她的遗憾，说她的收藏里缺失了这一卷。她给我看了她的藏书，我在很隐秘的地方，看到了父亲签名的缩写。父亲有时，有孩童式的天真。但他会告诉我他和书之间的秘密，像是面授机宜。

所以，是你为她补齐了这一卷？

静宜说，补齐？我不确定，当年父亲是不是人为地拆散了这套《石头记》，他想在临离开香港之前，留下些什么。但我确信的是，我可以让它完整。

所以，你让简得到它，费了周折吧？

静宜说，其实很简单。我找到了简当年买书的那家书店。老板娘已经去世了，我让她的儿子，给简打了一个电话。

我犹豫了一下，终于说，可以问你一个问题吗？

静宜轻微地一咬嘴唇，说，是有关那晚的事情吧？

我点点头。

她说，嗯，那天下车时，你留意到了那本《鲁滨孙漂流记》。是的，就在当天下午，我满师，简将它送给了我。这是她修好的第一本书。我翻开了这本书，看到里面夹着一张藏书票。上面的图案是一对父女。没错，这是这么多年来，我和父亲唯一的一张合影。背景是查令十字街84号，那间著名的书店。这一天,我的父亲告诉我,他要结婚了,和一个我从未见过的女人。

我看到静宜的眼睛,一点点地黯然下去。她笑了笑,说,是的,那一刻,我很恨她。我恨她没有来参加父亲的葬礼,我恨她懦弱。或许,我只是恨她自始至终,知道所有的事。这两年来,她用我,复刻了一个她自己。把我父亲的女儿,变成她所希望的样子。而我,却不知情,整两年了。

现在?静宜摇了摇头,我对她再也恨不起来了。虽然,也不可能爱。事实如此。你说,我的父亲,是个什么样的人呢?在最后的时候,打定主意,让我的生命与她纠缠在了一起。

天昏暗下去了。远处游荡着紫灰色的云霭,收敛了落日的余晖。

静宜站起身,说,我要回去了。简应该醒了。

简出院的第二天,我们陪她去了观塘的工厂大厦。帮她整理了这么多年来，由她亲手修好的书。静宜联系了一个公益组织，将这些书捐赠发送去了中国香港和海外不同的图书馆。

在这个过程中，简坐在轮椅上，不发一言，看着来来往往忙碌的人群。有时候，她的眼睛会在某一本书上流连，但是很快就转过头去，或者闭上眼睛。

卡车开走的时候，简说了一句话，但我们都没有听见。因为声音淹没在了发动机启动的轰鸣里。静宜俯下身，将她膝盖上的毛毯裹好。

香港的六月，惠风和畅。并看不出，雨季就要来了。